月からきたトウヤーヤ

蕭甘牛作
君島久子訳

岩波少年文庫 239

蕭甘牛

草鞋媽媽

1956

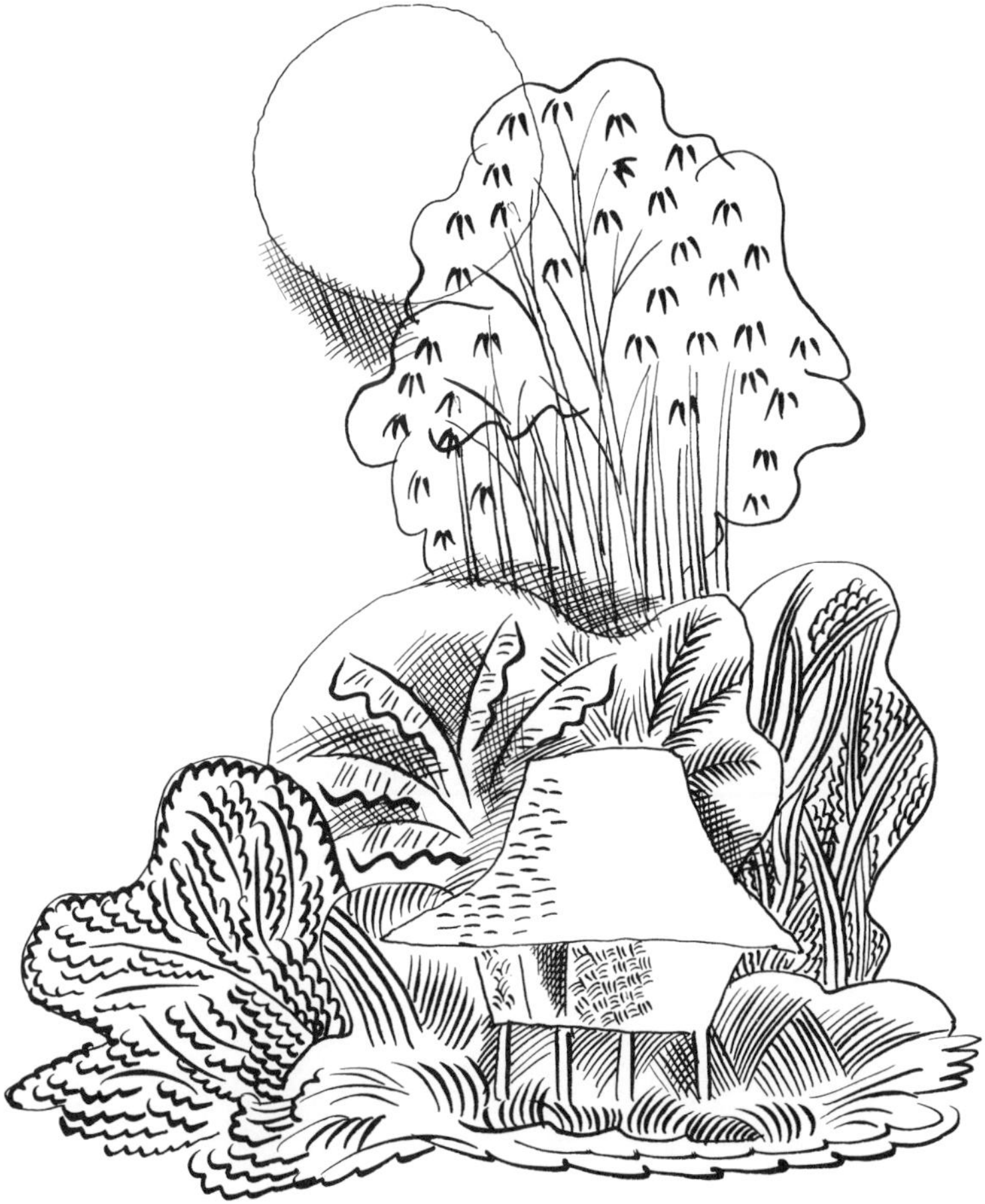

もくじ

もくじ

カバー画・さし絵　太田大八

月《つき》からきたトウヤーヤ

第《だい》一《いち》部《ぶ》

1　三《みっ》つのかわいい たからもの

むかしむかし。

とある山里《やまざと》のあばらやに、おばあさんが、たったひとりですんでいました。

おばあさんは、夜《よる》となくひるとなく、土間《どま》にすわって、わらじをあんでいました。

村《むら》の人《ひと》びとはみな、おばあさんを、「わらじおばあさん」とよびました。

おばあさんは、わらうちぼうで、わらをうち、はさみで、わらじにいれるぬのをきり、わらじゆみ（わらじをあむときに、なわをかけるどうぐ）で、麻《あさ》なわをぴんとはります。

この三《みっ》つのどうぐを、おばあさんは、もう

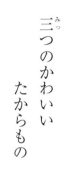

なん十年《じゅうねん》もつかってきたのでした。

もとは女《おんな》のふとももほど太《ふと》かったわらうちぼうも、ずっとつかっているうちに、あかんぼうのうでのように、ほそくなってしまいました。

はさみも、もつところがはんぶんかけてしまったので、竹《たけ》でつぎたしてありますし、わらじゆみも、白《しろ》かったのが黄《き》いろくなり、やがて、ふかい紅《べに》いろにかわってしまいました。

村《むら》の人《ひと》たちはみんな、おばあさんにこういいます。

「ぼうも、はさみも、わらじゆみも、みんなおんぼろ古《ふる》ものだから、あたらしいのと、とりかえちゃあどうかね。」

「あーあ、おまえさんの目《め》は、ふしあなとおんなじだねぇ。たからものがみえないんだから。この三《みっ》つのどうぐたちは、どれもこれも、わたしのだいじなだいじな子《こ》どもたちなんだよ。」

そういって、わらじおばさんは、歯《は》のかけた口《くち》もとをほころばせて、わらうのです。
おばあさんは、だいじな子《こ》どもたちに、
ポンポン（わらうちぼう）
チェンチェン（ぬのきりばさみ）
コンコン（わらじゆみ）
という、なまえをつけていました。
おばあさんは、この三《みっ》つのどうぐをつかって、わらじを作《つく》るとき、いつも小《ちい》さな子《こ》どもに話《はな》すような口《くち》ぶりで、やさしくわらべうたを口《くち》ずさむのでした。

ポンポンよ　いい子《こ》だね
かあさんのかわりに
わらを　うっておくれ

チェンチェンよ　きりょうよし
かあさんのかわりに
ぬのを　きっておくれ

コンコンよ　いさましい子《こ》
なわをしっかり
ひっぱっておくれ

わらじおばさんは、夜《よる》になると、

「子どもたちよ、ごくろうさん。さあ、ねんねするんだよ。」

といって、ねどこの中《なか》に、三人《さんにん》の子《こ》どもたちをいっしょにだいて、ねかせます。そして、子《こ》もりうたを、うたうのでした。

かわいいだいじな　子《こ》どもたち
みんなねどこで　ねんころり
いっしょに　あまいゆめをみる
あしたの朝《あさ》は　はよおきて
またもわらじを　作《つく》ろうねぇ

2

白《しろ》ひげ老人《ろうじん》 月《つき》からおりてくる

わらじおばさんの作《つく》ったわらじは、はきごこちがとてもすてきです。やわらかで、しかもしっかりしていて、かっこうもいいのです。だから、村《むら》の人《ひと》たちは、われもわれもとあらそって、おばあさんのわらじを、買《か》いにくるのでした。

道《みち》をいくにも、さっそうと歩《ある》いている人《ひと》があれば、きっとだれかが、その人《ひと》のあしもとをゆびさして、こういいます。

「おまえさんのはいているわらじは、わらじおばさんとこのわらじだろ?」

「そうだとも。あのおばさんのわらじじゃ

なくちゃ、こんなに、すたすたと歩《ある》けるもんかね。」

道《みち》いく人《ひと》は、にこにこしながらこたえます。

ところが、まずしい人《ひと》びとは、わらじを買《か》うおかねもありません。

はだしの足《あし》で、わらじおばさんの家《いえ》の門口《かどぐち》までやってきては、あれこれながめたり、なでさすったりしてみて、やがて、はぁーとためいきをつくと、立《た》ちさっていくのでした。

そこで、わらじおばさんは、夜《よ》なべをすることにしました。よけいにわらじを作《つく》って、わらじを買《か》えないまずしい家《いえ》に、とどけにいくのです。

「さあ、わらじをもってきましたよ。わらじがなくては、けわしい山《やま》にのぼることができませんからね。」

これをきくと、まずしい人《ひと》びとは、うれしくてなみだをこぼし、口《くち》をそろえて、

「わらじおばさんて、なんていいお人《ひと》なんだろう。」

と、かたりあうのでした。

それは、ある年《とし》の十五夜《じゅうごや》の晩《ばん》でした。
空《そら》にはまんまるい、大《おお》きな月《つき》が、のぼっていました。
わらじおばさんは、いつものように戸口《とぐち》にすわって、月《つき》の光《ひかり》で、わらじをあんでいました。歌《うた》をうたいながら、わらじをあんでいました。

ポンポンよ　いい子《こ》だね
かあさんのかわりに
わらを　うっておくれ

……

するとそのとき、とつぜん月《つき》の中《なか》から、まっ白《しろ》いものが、ふわりとでると、ひょうひょうと空《そら》をとんで、おばあさんの目《め》のまえにおりてきたのです。

おばあさんが、目《め》をみひらいてよくよくみると、それはひとりのおじいさんでした。

おじいさんは、ながいながいひげをたらし、まっ白《しろ》なヒツジの毛衣《けごろも》をきていました。手《て》にはむちをもって、はだしで、二《に》ひきの白《しろ》ウサギの上《うえ》にのっていました。

おばあさんは、びっくりぎょうてん、こしをぬかしてしまいました。

おじいさんは、ウサギのせなかからおりてくると、にっこりわらって、話《はな》しかけました。

「わらじおばさんや、こわがることはないよ。わしはな、月《つき》でヒツジをかっている老人《ろうじん》じゃ。月《つき》の地面《じめん》は、どこもかしこも、水晶《すいしょう》でできているので、つるつるすべる。わしは、わらじがないので、しょっちゅうすべってころんでしまう。年《とし》をとると、いくじのないもんじゃのう。そこで、おまえさまのとこのわらじは、とてもよくできて

いるときいたので、わしにも一《いっ》そく作《つく》ってもらいたくて、こうしてわざわざ、月《つき》の世《せ》界《かい》からでかけてきたのじゃ。」

おばあさんは、そっと、おじいさんをみあげました。とてもやさしそうなようすをしています。それに、あのうつくしい月《つき》の世《せ》界《かい》からおりてきたときいて、すっかりうれしくなって、いいました。

「ええ、よろしいですとも。あなたさまのために、とくべつしっかりしたわらじを、作《つく》ってあげましょう。あしたの晩《ばん》に、とりにきてくださいな。」

「ありがとう。わらじを作《つく》ってもらうおれいに、なにをあげたら、よかろうのう。」

月《つき》の老人《ろうじん》はききました。

「なんのなんの、おれいなんて、そんなものいりませんよ。お月《つき》さまとは、もとから、親《した》しくしていますからね。」

おばあさんは、わらって、手《て》をよこにふりました。

おじいさんも、にっこりしました。そして、ピーと口笛《くちぶえ》をふくと、草《くさ》むらから、ぴょんぴょんと二《に》ひきの白《しろ》ウサギがかけてきて、おじいさんの足《あし》もとにもぐりこみました。

おじいさんは、むちをひとふりして、ゆっくりと大空《おおぞら》へのぼっていきました。ゆうゆうとどこまでものぼっていって、やがてそのかげは、月《つき》の中《なか》へすっぽりとはいってしまいました。

空《そら》からは、ただおじいさんの声《こえ》だけが、まいおりてきました。

「わらじおばさんや、あしたの晩《ばん》、わらじをもらいにおりていきますよ。」

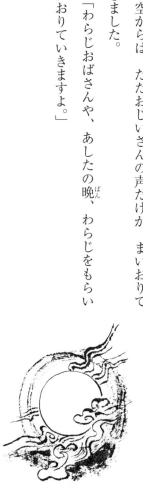

3　一《ひと》つぶの　たねをまく

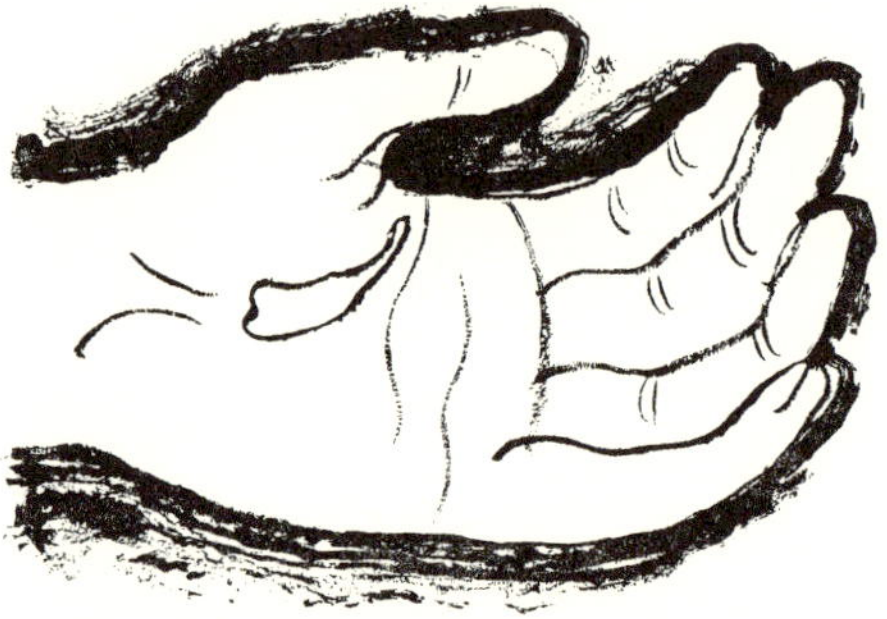

わらじは、どんな色《いろ》で作《つく》ろうかねぇ。どんなかっこうにしようかな。月《つき》のおじいさんにきいておくのを、すっかりわすれてしまったよ。やれやれ。

おばあさんは、あれこれ、おもいなやみました。

おとしよりというものは、赤《あか》いのや、みどりなんか、すかないだろうし、それに、月《つき》のおじいさんは、まっ白《しろ》なきものをきていなさるし、お月《つき》さんも、白《しろ》くてぴかぴかしているから、やっぱり白《しろ》いのが、にあうだろうねぇ。それに、ひえるといけないから、あたたかくこしらえてあげましょう。

わらじおばさんは、三人《さんにん》のかわいい子《こ》どもたちにいいました。

「おまえたち、しっかり、いいわらじをこしらえておくれ。月《つき》のおじいさんは、そりゃあいいお人《ひと》なんだからね。」

そういって、おばあさんは、白《しろ》いぬのと、白《しろ》いヒツジの毛糸《けいと》と、白《しろ》いわらをとりだすと、歌《うた》をうたいながら、わらじをあんでいきました。

その晩《ばん》、夜《よ》どおしあみつづけて、やっと、一《いっ》そくのまっ白《しろ》なわらじができあがりました。

あくる日《ひ》の晩《ばん》、おばあさんは、そのわらじをもって、戸口《とぐち》のところにすわっていました。お月《つき》さまをあおぎながら、おじいさんのおりてくるのを、まっているのです。

やがて月《つき》の中《なか》から、おじいさんが、ウサギにのって、にこにこしながらおりてきました。

「こんばんは、おばあさん。」

おじいさんは、ウサギからおりていいました。

「わらじはできましたよ。お気《き》にめしますかどうですか。」

おばあさんは、りょう手《て》でわらじをささげていいました。

おじいさんは、わらじをうけとって、足《あし》にはいてみました。ちょうどぴったりです。そのうえ、やわらかであたたかく、とてもはきごこちがいいのです。

月《つき》の老人《ろうじん》はいいました。

「おばあさん、わたしども月《つき》の世界《せかい》のものは、かってに人《ひと》さまのものをいただくことはできませんのじゃ。わしは、ぜひとも、なにかおれいをしたい。さもなければ、このわらじを、おかえししましょう。」

けれどもおばあさんは、「とんでもない、おれいなんか、いりませんよ。」というそぶりで、あたまをよこにふりました。

おじいさんは、かさねていいました。

「では、なにか、ひごろ、たりないというものはないかな。」

おばあさんは、それをきくと、ちょっとかんがえこんでから、こういいました。

「そうねぇ、わたしの三人《さんにん》の子《こ》どもたちが、しゃべったり、わらったりすることができたら、どんなにかいいのだけれど……。」

一日《いちにち》じゅう、わたしひとりで、話《はなし》をしたり、わらったり、うたったりしている。あの子《こ》たちは、だあれも口《くち》がきけない。つくづくさみしいなぁとおもいますよ。」

月《つき》の老人《ろうじん》は、うなずきながら、おばあさんの三人《さんにん》の子《こ》どもたちを、ながめました。

おじいさんは、しばらくかんがえました。やがて、こしをかがめて、ウサギの口《くち》から一《ひと》つぶの歯《は》をとりだすと、

「おばあさん、このトウヤー（ウサギの歯《は》）は、トウモロコシのたねだよ。おまえさんの家《いえ》の戸口《とぐち》に、まいてごらん。きっといいものができるから。」

といって、そのたねを、おばあさんに手《て》わたしました。

ピー
おじいさんが口笛《くちぶえ》をふくと、ウサギは、いそいで、その足《あし》もとにもぐりこみました。

おじいさんはウサギにのって、ひょうひょうと、月《つき》の中《なか》へとんでいってしまいました。そして空《そら》から、

「おばあさんや。そのたねを、きっとまくのじゃよ。来月《らいげつ》、まん月《げつ》の晩《ばん》がきたら、わしは、またあいにくるからね。」

ということばだけが、まいおりてきました。

おばあさんは、ぼんやりと、いつまでも空《そら》をあおいでいました。手《て》には、一《ひと》つぶの光《ひか》るたねを、にぎりしめたまま……。

やがて月《つき》は、しだいに西《にし》の空《そら》へしずんでいきました。

4 ウサギぼうやのトウヤーヤ

一《ひと》つぶの、ぴかぴか光《ひか》るウサギの歯《は》のたね。それはまるで、しんじゅのようです。どうして、トウモロコシができるのでしょう。どうして、芽《め》をだし、花《はな》をさかせるのでしょう。でも、あのおじいさんは、月《つき》の世界《せかい》の人《ひと》ですもの、人《ひと》をだましたりするはずはありません。

わらじおばさんはしばらくかんがえると、そのたねを、家《いえ》の戸口《とぐち》のところへ、まきました。

あくる朝《あさ》みると、トウモロコシは、すうっと、みどりの芽《め》をだしていました。

おばあさんは、よろこんでまい日《にち》、水《みず》やこやしをやりました。

トウモロコシは、ずんずんせたけをのばし、日《ひ》ましに大《おお》きくなっていきます。

やがていく日《にち》かたつと、大《おお》きく、ふとったトウモロコシが、実《み》をむすびました。外《そ》がわは、みどりの繻子《しゅす》のような皮《かわ》でくるまれています。

晩《ばん》になりました。

みどりのおくるみがひらいて、中《なか》から、まっ白《しろ》なトウモロコシの実《み》があらわれました。

白《しろ》い光《ひかり》をあたりにはなって、おばあさんの家《いえ》の戸口《とぐち》は、あかるくかがやきました。

おばあさんは、おおよろこびで、せっせと水《みず》をやり、こやしをやりました。

そして夜《よる》になると、この戸口《とぐち》のところにすわって、トウモロコシの光《ひかり》の下《した》で、歌《うた》をうたいながら、わらじを作《つく》るのでした。

そのうちに、トウモロコシは、ますます大《おお》きくなって、その光《ひかり》もいよいよあかるくなってきました。

まん月《げつ》の夜《よる》がきました。

おばあさんは、かがやくトウモロコシの実《み》を、うっとりとながめていました。

するととつぜん、空《そら》でピーと口笛《くちぶえ》の音《おと》がしました。おじいさんが、ウサギにのって、月《つき》の中《なか》から、ひょうひょうとまいおりてきたのです。

「こんばんは、おばあさん。わしは、そなたに、ひとつ、なぞなぞをだしましょう。もしあてることができたら、話《はな》すことも、わらうこともできるものを、あげますぞ。」

おじいさんは、そういうと、ウサギのせなかからおりて、ちかよりました。

「いいかね、なぞなぞもまた、おもしろいあそびじゃろうて。」

といって、おじいさんは手《て》ぶり足《あし》ぶりで、うたいだしました。

そのはたざおは　せいよりたかく

子《こ》どもがそれに　とりついて
からだには　みどりのきもの
あたまには　赤《あか》いふさのぼうし

おばあさんは、ちょっとくびをひねってかんがえましたが、たちまちわらいだして、

「これなら、すぐあたりますとも。」

といって、トウモロコシをゆびさしました。

「これでしょ。」

「よろしい、あたった!」

おじいさんは、むちをとりあげ、そっとトウモロコシをなでて、うたいました。

子《こ》どもよ　おりておいで

おまえの　かあさんのところへ

すると、ふいに、「オギャア」と声《こえ》がしました。みるとトウモロコシは、まっ白《しろ》なまるまる太《ふと》ったあかんぼうにかわって、いまにもおちかかってきそうです。おじいさんは、あわててりょう手《て》をひろげてだきとめると、おばあさんにわたしていいました。

「さあ、話《はな》したり、わらったりする子《こ》どもだよ。」

あかんぼうは、おばあさんのふところの中《なか》で、こぶしをふり、足《あし》をばたばたさせています。

かわいい口《くち》をあけて、アワアワとわらい、まっかなほっぺたには、えくぼがふたつ。

これをみると、おばあさんは、うれしくて、なみだがあふれてきました。しっかりとあかんぼうをだきしめると、あたまをたれて、そっと、あかんぼうのひたいにおしつけました。

けれども、おばあさんは、ふいに、

「ああ、わたしは、この子に、なにをのませて、そだてればいいのだろうね。」

と、つぶやいて、ほーっと、ながいためいきをつきました。

それをきくと、おじいさんは、

「また、なぞなぞをしようかね。あてたら、その子ののみものをあげよう。」

といいました。

そのなぞなぞというのは、

白《しら》かべに　ふたつならんだ白《しろ》いつぼ
なかでおさけがつくられて
うまいかおりが　あふれでる

かわいい子《こ》どもが　のむならば
まるまるじょうぶに　そだつそな

をこぼしました。
おばあさんはききおわると、みるみるかおを赤《あか》くしてうつむき、はらはらとなみだ
「どうした。このなぞがとけなくて、なきだしたのかね。」
と、おじいさんがききました。
するとおばあさんは、かおをあげて、
「なんの、これしきのなぞ、とけないはずはありませんよ。ただわたしは、もう年《とし》
をとってしまって、それが、でないのですよ。」
といって、ますますふかくあたまをたれ、なみだをぬぐいました。
おじいさんはこしをかがめて、めすのウサギをだきあげました。

「さあ、おばあさん。口《くち》をおあけ。」

おばあさんは、いわれたとおりにしました。

おじいさんは、その口《くち》の中《なか》へ、ウサギのおちちをしぼって、そそぎこみました。

するとふしぎや、まもなく、おばあさんのむねが、はってきました。そして、まっ白《しろ》なおいしそうなおちちが、あふれでてきたのです。

ああ、これで、あかんぼうにのませるおちちは、もうしんぱいありません。

おじいさんは、ウサギにピーと口笛《くちぶえ》であいずをすると、ウサギはおじいさんの足《あし》もとにもぐりこみ、また、月《つき》の世界《せかい》へのぼっていきました。

「その子《こ》を、じょうぶにそだてなさいよ。」と、その声《こえ》だけをのこして——。

おばあさんは、空《そら》をみあげました。それから、おちちにすがりついているあかんぼうを、みつめました。

ほほえみが、ひとりでに、そのかおにうかんできました。

「この子に、なまえをつけてあげましょう。ウサギの歯《は》（トウヤー）からうまれた子《こ》だから、トウヤーヤとね。」

5　ふしぎなウサギを　おいかけて

トウヤーヤは、おばあさんのおちちをのんで、だんだんそだっていきました。まい日《にち》、おばあさんのそばで、さけんだり、とびはねたりしています。

おばあさんもうたいます。

トウヤーヤ　ゆっくりおとび
またかあさんに　にっこりしたね
トウヤーヤ　すばしこい子《こ》
またかあさんを　びっくりさせたね

こうして、わらじおばさんは、四人《よにん》の子《こ》も

ちになりました。三人《さんにん》は、じっとだまっている子《こ》。ひとりは、話《はな》したり、わらったりする子《こ》——。

よその人《ひと》がわらじを買《か》いにくるたびに、おばあさんは、とくいになってうたうのです。

お空《そら》の星《ほし》は　ぴかぴか光《ひか》り
えだには　木の実《み》が　まっかにうれる
うちの子《こ》どもは　みなつぶぞろい
いつもなごやか　たのしいくらし

けれども、おばあさんは、それはいそがしくなってきました。

トウヤーヤのめんどうをみなければなりませんし、おまけに、ひとりぶんのたべものと、きるものの、しんぱいがふえたのです。

ですから、よけいにわらじを作《つく》って、うらなければなりませんので、まい晩《ばん》、夜《よ》なべがつづきました。

おばあさんは、夜《よる》、ねむるひまもありません。まぶたがたるんで、どうしてもふさがってしまうと、むりに指《ゆび》でこすっては、しごとにはげむのでした。

また、うんうんうなるほどあたまがいたくても、水《みず》にぬらした手《て》ぬぐいをあたまにのせただけで、あいかわらず、たのしそうに、歌《うた》をうたっているのです。

かわいいこの子《こ》の
ためならば
目《め》がみえずとも

いといはしない

このようにして、おばあさんは、ながい年月《としつき》を、いそがしく、しごとにおわれつづけました。

そのために、おばあさんの目《め》はだんだん赤《あか》くはれあがり、ただれてきました。やがて、とうとうなにも、みえなくなってしまったのです。

けれども、おばあさんは、やっぱり、手《て》さぐりででも、わらじを作《つく》りつづけるのでした。

そうこうするうちに、トウヤーヤは、大《おお》きくなりました。一人前《いちにんまえ》のたくましい少年《しょうねん》にそだったのです。

トウヤーヤは、なんとかして、かあさんのしごとを、へらそうとおもいました。そのために、山《やま》へしばかりにいっては、そのしばをうりにいきました。

ある日《ひ》のこと、トウヤーヤはしばをかりながら、ふと、

「かあさんは、もうずいぶんながいこと、肉《にく》をたべたことがない。からだも、ますますやせてくるし。」

と、おもいました。そこで、いつもより、どっさり、しばをかりました。町《まち》へもっていって、肉《にく》ととりかえてこようとおもったからです。

おもいしばをかついで、とちゅうまでくると、もうすっかり日《ひ》はくれて、月《つき》がのぼってきました。

そのとき、ふいに、かさかさっと音《おと》がして、白《しろ》いウサギが二《に》ひき、道《みち》ばたにとびだしてきました。

「そうだ、こいつをつかまえて、かあさんにもってかえろう。」

そうおもったトウヤーヤは、かついでいたしばをおろすと、いそいで、ウサギをおいかけました。

白《しろ》ウサギは、目《め》のまえを、ぴょんぴょんとにげていきます。トウヤーヤはあとから、とっとおいかけます。ふしぎなことに、トウヤーヤがかけだすと、ウサギもぱっとにげていくし、ゆっくり歩《ある》いていけば、ウサギものろのろとにげていくのです。

こうして森《もり》をすぎ、小川《おがわ》をわたりましたが、まだ、ウサギにおいつくことができません。

「ああ、こんなとおいところまできてしまった。もうあきらめて、うちへかえろう。かあさんが、まっているだろう。」

そうおもって、トウヤーヤがひきかえそうとすると、ウサギもまた人間《にんげん》みたいに、うしろ足《あし》で立《た》ち、まえ足《あし》で、ひげをこすっているではありませんか。なんとも歯《は》がゆいことといったらありません。

トウヤーヤは、てんびんぼうをとりなおして、おいかけていきました。

ウサギはまた、たかい山《やま》にむかってにげていきます。トウヤーヤも、こうなっては、いじになっておいかけます。そうして、とうとう、そのたかい山《やま》に、ウサギをおいつめました。

するとこのとき、ふいに、

「トウヤーヤよ、おまえは、なぜ、わしのウサギをおいかけるのかね。」

という声《こえ》がしました。

みると、大《おお》きな岩《いわ》の上《うえ》に、おじいさんが立《た》っています。まっ白《しろ》な、ながいひげをたらして、足《あし》には、白《しろ》いわらじをはいていました。

「あ、おじいさんの、ウサギだったの。しらなかったんだ。かあさんに、もうながいこと、肉《にく》をたべさせてやれなかったんで……。かあさんはね、目《め》もみえず、やせほそってしまったんだよ。」

トウヤーヤは、そういいながら、なみだをぽたぽたおとしました。

すると、おじいさんはいいました。

「そなたが、かあさんの目《め》を、なおしてあげればよいのじゃよ。」

「ぼくが？　どうしてそんなこと、できるでしょう。せいいっぱい、しばをかって、かあさんをゆっくりさせてあげたい。それよりほかに、なんにもできやしない。」

トウヤーヤは、なみだをぬぐいました。

おじいさんは、むちをとりあげると、はるかかなたをゆびさしていいました。

「東《ひがし》のほうに、花花山《ホワホワやま》という山《やま》がある。山《やま》の上《うえ》に、金《きん》の家《いえ》があって、その中《なか》に、金《きん》いろの羽《はね》の鳥《とり》がいる。金《きん》の鳥《とり》がなきはじめると、目《め》がなおるだけではなく、おもい病《びょう》人《にん》も、元気《げんき》になってしまうのだ。だがな、その花花山《ホワホワやま》への道《みち》は、とちゅうで、それはそれは、おそろしいきけんなめにあわないと、いかれないのだよ。」

「かあさんの目《め》をなおすためなら、ぼく、どんな、おそろしいめにあってもへいきです。」

トウヤーヤは、きっぱりといいました。

「ぼうや、おまえが、きけんをおそれぬというなら、おゆき。金《きん》の鳥《とり》をつかまえるには、あぶない、おそろしいめに、三度《さんど》もであうぞ。それをのりこえるには、かあさんにそういって、おまえのきょうだいたち、ポンポン、チェンチェン、それにコンコンの三人《さんにん》を、つれていくのだ。この三人《さんにん》を、おまえのからだにしっかりくっつけていって、いつでも、力《ちから》をあわせてたたかうのだ。そうすれば、きっと、金《きん》の鳥《とり》を手《て》にいれることができるぞ。」

おじいさんはそういうと、身《み》をかがめ、岩《いわ》の下《した》から清水《しみず》をくみあげて、トウヤーヤにのませてくれました。

「さあ、おゆき!」

おじいさんは、ウサギにのると、しずかに月《つき》へのぼっていきました。

ふしぎな清水《しみず》をのんだトウヤーヤは、きゅうに、力《ちから》がもりもりとわいてくるのがわかりました。目《め》も、はっきりとよくみえます。

トウヤーヤは、てんびんぼうをとりあげると、月《つき》かげの道《みち》を、もときたほうへ、とってかえしました。

そして、道《みち》のとちゅうにおろしておいたしばをかつぐと、とぶように、家路《いえじ》をいそいでいきました。

6　力《ちから》をあわせて　もうじゅうとたたかう

わらじおばさんは、ねどこによこたわったまま、トウヤーヤのかえりを、いまかいまかと、まちこがれていました。
あの子《こ》は、もしかしたら、トラにくわれてしまったのじゃないかしら、だけど、わたしの目《め》はみえず、どこへたずねていけばいいのやら……。
そこへ、トウヤーヤが、しばをかついでかえってきました。
トウヤーヤは、きょうあったできごとを、なにからなにまで、おばあさんに話《はな》してきかせました。そして、

「だからぼくは、きっと、その金《きん》の鳥《とり》をつかまえてかえり、かあさんの目《め》を、すっかりなおしてあげたいんだ。それから、病気《びょうき》でこまっている人《ひと》たちも、たすけてやりたい。」

と、いいだしたのです。

おばあさんはおもいました。どうして、かわいいわが子《こ》を、みすみす、あぶないめにあうようなところへ、だしてやることができよう……と。

けれども、その金《きん》の鳥《とり》をもってかえったなら、わたしの目《め》がなおるだけじゃなくって、よそのお人の病気《びょうき》も、なおしてあげることができるんだ……。

そうおもいついたとき、おばあさんは、大《おお》きく、こっくりをして、むすこのねがいをゆるしてやったのでした。

そこでおばあさんは、ポンポン、チェンチェン、コンコンの三人《さんにん》を、トウヤーヤに手《て》わたしていいました。

「おまえたちきょうだい四人《よにん》、しっかりたすけあって、がんばっておくれよ。」

トウヤーヤはうなずくと、ぬのぶくろに三人《さんにん》のきょうだいたちを、しっかりおさめて、かたにかつぎました。そして、おじいさんのおしえてくれたほうにむかって、とっといそぎ足《あし》で、歩《ある》いていきました。

どんどん歩《ある》いて、太陽《たいよう》がでてから、しずむまで歩《ある》き、また、月《つき》がでてから、しずむまで歩《ある》きました。

どんどん歩《ある》いて、大《おお》きな川《かわ》をいくつもわたり、たかい山《やま》をいくつものぼり、ふかい森《もり》をいくつもくぐりぬけました。

ある日《ひ》、ある山《やま》のふもとについたとき、トウヤーヤは、谷川《たにがわ》のほとりにこしをおろして、水《みず》をのみました。

すると、木立《こだ》ちの中《なか》から、気《き》のいいシカが、とびだしてきていいました。

「トウヤーヤ、ゆくてには、トラのほらあながあるよ、くわれにいっちゃあいけないよ。ここには、こんな歌《うた》があるのを、きいたことないかい。」

トラ山《やま》にゃ　すごいトラがいるぞう
トラは　山路《やまじ》をのしあるき
なまぐさい風《かぜ》が　ぞっとふきゃ
道《みち》いく人《ひと》は　がぶりとやられる

「シカにいさん、ごしんせつにありがとう。でもぼくはこわくない。ぼくには、きょうだいたちがいて、すけだちしてくれるんだから。」

トウヤーヤはそういって、身《み》につけているぬのぶくろを、ぱたぱたと、たたいてみせました。

トウヤーヤは、水《みず》をのみおわると、むねをはって、おおまたに山《やま》をのぼっていきました。

するととつぜん、フゥーフゥーフゥー、ホワホワホワと、木々《きぎ》がゆれだし、すなや石《いし》ころが、ばらばらととび、あやしいなまぐさい風《かぜ》が、山《やま》のほらあなから、ゴォーッとふきだしてきました。

と、そのしゅんかん、トウヤーヤは、岩山《いわやま》の上《うえ》にふきとばされてしまったのです。

つづいて、おそろしい大《おお》トラが、岩《いわ》かげからおどりでると、「ウォー」とひと声《こえ》、トウヤーヤにおそいかかってきました。

トウヤーヤは、おきあがるひまもなく、いそいで、ふくろからポンポンをとりだし、大トラののうてんめがけて、「ヤッ！」と、なげつけました。

ポンポンは、ねらいたがわず、みごとにトラのあたまにぶつかっていって、のうてんを、うちわってしまいました。

さすがの大《おお》トラも、もんどりうったかとおもうと、ばったりと、道《みち》ばたにのびてし

まいました。

トウヤーヤは、くるりとおきあがって、ポンポンをひろいあげると、きれいにぬぐいながらうたいました。

ポンポンよ　えらいぞ　えらいぞ
よくも　トラ公《こう》　やっつけた

トウヤーヤは、地《じ》めんにのびているトラを、足《あし》でトントンふんづけてから、また、おおまたに歩《ある》きだしました。

三日《みっか》と三晩《みばん》、歩《ある》きつづけて、ある林《はやし》にやってきました。

みると、ヤマモモの木《き》に、まっかな、つやつやしたヤマモモがなっています。トウヤーヤはさっそく立《た》ちどまって、その実《み》をつみとってたべました。

すると、とつぜん一《いち》わのクジャクが、ヤマモモの木《き》の上《うえ》にとんできて、トウヤーヤにむかっていいました。
「このさきに、まもなく谷《たに》がありますけど、いくのをおやめなさい。谷《たに》に大《おお》きな、すごい竜《りゅう》がいるのですよ。ここに、こんな歌《うた》がうたわれているのをごぞんじ？　それは、こういう歌《うた》なのです。」

谷《たに》には　すごい竜《りゅう》がいて
ひと声《こえ》なけば　天地《てんち》もぐらぐら
ぷうっと火《ひ》の玉《たま》　はきだせば
旅人《たびびと》たちは　たすからぬ

「ごしんせつにありがとう。クジャクさん。でも、ぼくは、こわくないんだ。ぼくには、きょうだいたちがいて、すけだちしてくれるから。」

トウヤーヤは、ふくろをぱたぱた、たたきました。そして、むねをはって、おおまたにずんずん歩《ある》いていきました。

谷《たに》へさしかかると、とつぜんおそろしげな、くろい竜《りゅう》が、のっそりとはいだしてきました。

竜《りゅう》は、ぱっと、さけるほど口《くち》をあけると、大《おお》きな火《ひ》の玉《たま》を、ぷうーっと、トウヤーヤめがけてふきかけてきました。

トウヤーヤは、ひょいと身《み》をかわして、火《ひ》の玉《たま》をやりすごし、ふくろの中《なか》からチェンチェンをとりだして、「エイッ！」と、なげつけました。

チェンチェンは、ねらいたがわず、くろい竜《りゅう》ののどもとにとびつき、ジャッ！ とばかりに、きってしまいました。

くろい竜《りゅう》は、まっかな血《ち》をながして、どたっ！ と音《おと》をたてて、道《みち》ばたに、よこたわってしまいました。

トウヤーヤは、チェンチェンをひろいあげると、きれいにぬぐってうたいます。

チェンチェンよ　すてきな子《こ》
くろい竜《りゅう》の　のどを　ちょんぎった

トウヤーヤは、地《じ》めんにのびている、くろい竜《りゅう》を、ぽんとけとばすと、また、おおまたに、歩《ある》きだしました。

歩《ある》いて、歩《ある》いて、三日三晩《みっかみばん》、歩《ある》きつづけたとき、山《やま》のくぼみにそってはえている、山《やま》イモのつるをみつけました。

トウヤーヤが、かがんで、山《やま》イモをほりだしてたべていると、とつぜん、大《おお》きな青《あお》ガエルがとびだしてきて、

「トウヤーヤ、これからさきへ、いくことはできないよ。とってもあぶないんだ。ひきかえすといいよ。ここには、こんな歌《うた》がある。」

シシの林《はやし》に　こわいシシがいる
ひと声《こえ》ほえれば　山谷《やまだに》ふるえ
ぷうっとよだれを　はきだせば
旅人《たびびと》たちは　シシのはらの中《なか》

「ごしんせつにありがとう。青《あお》ガエルよ。でも、ぼくはこわくない、きょうだいたちが、ぼくをたすけてくれるんだもの。」
トウヤーヤは、ふくろをぱたぱたと、たたきました。そして、あたまをきっとあげて、ふかい森《もり》の中《なか》に、おおまたにふみこんでいきました。

すると、とつぜん、「ウォー」というほえ声《ごえ》とともに、一《いっ》とうの、大《おお》きなシシが、ふかい森《もり》のおくからとびだしてきました。

シシは、あっというまに、トウヤーヤを地《じ》めんにおしたおし、おぼんのような大《おお》きな口《くち》を、がばっとあけて、おそいかかります。

トウヤーヤは、たおされながら、いそいで、ふくろからコンコンをひっぱりだし、その大口《おおぐち》めがけて、ぱっとなげこみました。

コンコンは、シシの口《くち》の中《なか》にとびこんで、上《うわ》あごと、下《した》あごのあいだにわけ入《い》り、力《ちから》いっぱい、ぐいぐいつっぱりました。

シシの口《くち》は、あきっぱなしどころか、ますます大《おお》きくあいて、いまにもさけそうです。

シシは、いたくていたくて、口《くち》をあけたまま、ごろごろころがりまわりました。

トウヤーヤはすばやくおきあがると、ポンポンでもって、シシの腰《こし》のほねを、ボイーン、ボイーンと、うちくだきました。

つづいて、チェンチェンをとりだして、シシののどを、チョキチョキチョキと、きりさきました。

さすがのシシも、これにはとうとう、まいって、血《ち》だまりの中《なか》に、ながながと、身《み》をよこたえてしまいました。

トウヤーヤは、三人《さんにん》のたいせつなきょうだいたちをしまいながら、きげんよくうたいました。

コンコンは　いさましい
シシの口《くち》をば　つっかいぼう
ポンポン　チェンチェン　力《ちから》をあわせ
大《おお》きなシシを　やっつけた

こうして、三《さん》かしょの、きけんなばしょをとっぱしたトウヤーヤは、どっと、つかれがでてきました。りょう足《あし》も、おもくなってきました。

けれども、かあさんの目《め》をなおさなければ、とおもいました。たくさんの病気《びょうき》の人《ひと》をたすけなければ、とおもいかえしました。そしてまた、おおまたに、歩《ある》きつづけていくのでした。

けわしい山《やま》あいの道《みち》にきたときです。トウヤーヤは、とつぜん、

「あれっ！」

と、おもわずさけび声《ごえ》をあげました。

7 なぞなぞあてよ

トウヤーヤが、山《やま》あいの道《みち》にちかよってみると、大《おお》きな大《おお》きな紅《べに》いろの岩板《いわいた》が、まるで、てつのとびらのように、ゆくてをぴたりと、とざしているのでした。

りょうがわの山《やま》はとみれば、かべのようにきりたつぜっぺきで、つるつる、ぴかぴか、アリさえも、はいあがることができません。ひきかえそうか。いいや、そんなことはできない。まだ、金《きん》の鳥《とり》をつかまえていないんだし、それに、せっかく、いくつものなんかんを、とっぱしてきたのだから——。

トウヤーヤは、こまりはてて、大《おお》きな岩《いわ》を

あおぎました。

「そうだ、ふくろの中《なか》のポンポンをだして、この岩《いわ》めを、ぶったたいてくれよう。」

と、心《こころ》の中《なか》でおもいました。

するとと、とつぜん、岩板《いわいた》が口《くち》をきいて、

「おわかいの、そのぼうは、トラのあたまはうちくだけたが、わしの、この岩《いわ》は、どうしてそんなもんじゃだめだぞ。わしには、きまりがあっての、だれでも、なぞなぞをあてたものだけを、とおしてやることにしているのだ。そのなぞの、ヒントというのは、一年《いちねん》じゅうに、たったいちどだけくる日《ひ》のことだよ。いいかい。なぞなぞをだすぞ。」

七《なな》たす八《はち》　八《はち》たす七《なな》

みんな　あおいで　にこにこわらう

すてきな　においが　ほのぼのと
おいしいものを　ほおばりながら

トウヤーヤは、くびをひねりました。それから空《そら》をあおぐと、いいました。

十五夜《じゅうごや》お月《つき》さん　みんなであおぐ
すてきな桂《かつら》の　かおりがにおい
おいしい月餅《げっぺい》　ほおばって
十五夜《じゅうごや》さまは　たのしいな

それをきくと、岩《いわ》は、「はっはっは」と、わらいだしました。
「あたった、あたった。そのとおり。」

といって、岩《いわ》はゆっくりと空《そら》にむかって、のぼっていきました。歌《うた》をうたいながら……。

岩《いわ》の門《もん》は　ひきあげよ
トウヤーヤよ　どうぞおとおり
十五夜《じゅうごや》は　いいことばかり
おまえを　まってる人《ひと》がいる

岩《いわ》は、空《そら》たかくのぼっていきました。
トウヤーヤは、また、ゆくてをめざして、おおまたに歩《ある》きだしました。
歩《ある》いて、歩《ある》いて、とある谷間《たにま》の一本道《いっぽんみち》にさしかかりました。
みると、雲間《くもま》から、ながいながいつながたれさがり、つなのさきになん百《びゃく》キロもあるような、おもい銀《ぎん》のふんどうが、ぶらさがっているではありませんか。

ふんどうは、とぶようなはやさで、ぶぅんぶぅんと道《みち》いっぱいにゆれており、そこをとおりすぎようものなら、たちまちぶつかってきて、こっぱみじんになってしまいます。

道《みち》のりょうがわは、またまたそびえるたかい山《やま》、そこをとおるほかに、道《みち》はありません。

トウヤーヤは、ふくろからチェンチェンをとりだし、それをなげつけて、たれさがったふんどうのつなを、たちきろうとおもいました。

すると、とつぜん、銀《ぎん》のふんどうが口《くち》をききました。

「やあれ、子《こ》どもよ、おまえのはさみはな、くろい竜《りゅう》の、のどを、きることができるくらいで、わしの、このふしぎなつなは、けっしてきれないぞよ。それより、わしのだした、なぞなぞをといてみるがいい。もしあてることができたら、すぐにとおし

てやるからな。」
そのなぞなぞというのは、あるくだもののことでした。

みどりの玉《たま》　まるいつぶ
えだのさきまで　びっしりついて
はじめちょっぴり　にがいけど
そのうち　だんだんあまくなる

トウヤーヤは、ちょっとかんがえると、すぐにこたえました。

みどりのくだもの　まるいつぶ
えだのさきまで　びっしりついて

口《くち》にふくんだ　牛柑果《ニュウカンコー》（こつぶの野生《やせい》のみかん）
はじめにがくて　のちあまい

銀《ぎん》のふんどうは、それをきくなり、「わっはっは」と、わらっていいました。
「うん、あたった、あたった。」
そして、ゆっくり、雲間《くもま》にのぼっていきました。たのしそうに、歌《うた》をうたいながら
……。

金《きん》の鳥《とり》を　とりたい一心《いっしん》
山《やま》でも　谷《たに》でも　おそれずすすむ
口《くち》にふくんだ　牛柑果《ニュウカンコー》
ちょっぴりにがいが　のちあまい

トウヤーヤは、また、あたまをあげて、むねをはって、おおまたに歩《ある》いていきました。

どんどん歩《ある》いて、谷間《たにま》をでて、ひとまがりまがると、目《め》のまえにこだかい丘《おか》があらわれました。あ！　丘《おか》の上《うえ》に、くれないの花《はな》が満開《まんかい》にさきみだれ、花《はな》の中《なか》に、金《きん》いろにさんぜんとかがやく家《いえ》があらわれました。

家《いえ》の門《もん》は、金《きん》のさくでできていました。

金《きん》のさくからのぞくと、中《なか》のほうに、金《きん》の鳥《とり》かごがかけてありました。かごの中《なか》に、おお、それこそ金《きん》いろをした鳥《とり》が一羽《いちわ》、きぜんと、とまっているのがみえました。

ところが、金《きん》のさくには、大石《おおいし》がよりかかっていて、その大石《おおいし》をどけなければ、さくをあけて、中《なか》にはいることができません。

トウヤーヤは、大石《おおいし》をなでさするばかり。うごかそうにも、うごかず、おしても、びくともしないのです。

そこで、コンコンをとりだして、大石《おおいし》の下《した》にさしこみ、こじあけてやろうとおもいました。

すると、とつぜん、家《いえ》のそばの花《はな》むらから、ひとりのうつくしいむすめがあらわれて、いいました。

「ねえ、トウヤーヤ、そのわらじゆみは、シシの口《くち》をあけることはできても、このふしぎな石《いし》は、だめですわ。わたしは、金《きん》の鳥《とり》を守《まも》っているものです。あなたが、なぞをときさえすれば、すぐにも大石《おおいし》をどけ、門《もん》をあけて、あなたに金《きん》の鳥《とり》をあげましょう。」

そのなぞというのは、

ほっそりとした　ひとりのむすめ

あたまに　赤《あか》いぼうしをかぶり
ぬげばながい　銀《ぎん》いろのかみ
銀《ぎん》ぱつはらはら　風《かぜ》になびくよ

トウヤーヤは、ちょっとかんがえ、丘《おか》の上《うえ》の赤《あか》い花《はな》をみつめました。そしてうたいだしました。

ほっそりとした　わたの木《き》よ
くれないの花《はな》　さきにおい
花《はな》がおちれば　白《しろ》いわた
ま白《しろ》いわたが　風《かぜ》になびくよ

むすめは、わらいながら、「あたったわ！」といいました。そして、大石《おおいし》のそばにちかよって、指《ゆび》さきで、小《ちい》さなあなを、おしました。すると、ゴワローン！と音《おと》がして、大石《おおいし》は、天上《てんじょう》へとびさってしまいました。

むすめは家《いえ》の中《なか》にはいると、金《きん》の鳥《とり》かごをさげ、門《もん》をおしてでてきました。

そして、トウヤーヤを、じっとみつめていましたが、ふいにうなだれると、ぽうっと、ほほを赤《あか》くそめました。

8 金《きん》の鳥《とり》がなく

むすめは、かすかに赤《あか》いかおをあげて、そっと、力のなくような声《こえ》でいいました。

「あなたは、かあさんの目《め》をなおすため、それから、たくさんの病人《びょうにん》をなおすために、どんなきけんなこともおそれず、金《きん》の鳥《とり》をさがしにやってきましたね。それに、わたの木《き》のなぞも、あてておしまいになった。わたし、『わたひめ』というの。金《きん》の鳥《とり》を守《まも》っていたのです。もう、鳥《とり》はあなたにあげるのですから、ここに用《よう》はありません。わたし……あなたについていきたいの。」

それをきいて、トウヤーヤのかおも、赤《あか》く

なりました。どういっていいのか、わかりません。ながいことたって、やっと、トウヤーヤは、口《くち》をひらきました。

「いいよ。だけど、ぼくのうち、とてもびんぼうで……。」

「わたし、そんなことかまいません。」

わたひめはこういうと、木《こ》の葉《は》を一《いち》まいつみとり、口《くち》にくわえて、ピーピーとふきはじめました。

すると、たちまち、大《おお》きなホウオウが、花《はな》むらの中《なか》から、とんできました。

わたひめは鳥《とり》かごをかかえ、トウヤーヤの手《て》をひっぱって、いっしょにホウオウのせなかにのりました。

ふたりをのせたホウオウは、ぱたぱたと大《おお》きくはばたいて、空《そら》たかくまいあがっていきました。

とぶ　とぶ　白《しろ》い雲《くも》　すいすいと
とぶ　とぶ　目《め》の下《した》に　山《やま》なみ　るいるい
とぶ　とぶ　耳《みみ》に　すずしい風《かぜ》がなり
とぶ　とぶ　ホウオウの背《せ》で　ふたりはわらう

ホウオウは、さぁーっと、とんで、わらじおばさんの家《いえ》につきました。わたひめと、トウヤーヤが、とびおりると、ホウオウは、くるりと身《み》をひるがえして、また大空《おおぞら》へとびさっていきました。

ふたりは、すぐ家《いえ》の中《なか》へはいりました。みると、おばあさんは、ほねとかわばかりになって、ねどこによこたわり、みえない目《め》をしばたたきながら、はあはあと、あえいでいました。

むすめは、かけよって、金《きん》の鳥《とり》かごをさしだし、

金《きん》の鳥《とり》よ　リー　ルルル　とおなき
かあさんのやまいを　なおしておくれ

と、いいました。すると、金《きん》の鳥《とり》は、すぐさま、金《きん》いろのつばさをひろげて、ぱたぱたとはばたき、くびをながくのばして、

「リーリー　ルルル」

と、なきました。

するとまもなく、おばあさんは、目《め》をぱっとあけて、おきあがったのです。

みると目《め》のまえに、むすこと、うつくしいむすめが、ならんで立《た》っているではありませんか。

おばあさんのかおは、みるまにほころび、くちびるのあわさるいとまもありません。

わらじおばさんには、四人《よにん》の子《こ》どもがあるのに、その上《うえ》またひとり、きれいなおよめさんがふえたのです。いいえ、それだけではありません。もうひとり、かしこい金《きん》の鳥《とり》もいるのです。

家《いえ》の中《なか》は、あさから晩《ばん》まで、たのしいわらい声《ごえ》があふれました。

その日《ひ》から、トウヤーヤは、金《きん》の鳥《とり》かごをさげて、村《むら》むらをまわって歩《ある》き、まずしい病人《びょうにん》たちをたずねては、なおしてやりました。

わたひめのあたまには、ひとつかみの白《しろ》いかみの毛《け》がありました。ひめが、その白《しろ》いかみの毛《け》をすきぐしですくと、たくさんのまっ白《しろ》なわたが、すきだされてくるのです。

わらじおばさんが、そのわたを、わらじにあみこむと、いっそうきれいに、いっそうじょうぶなわらじができるのでした。

わたひめも、わたをつむいで、ぬのをおりました。うつくしい、つやのあるぬのが、おりあがりました。

ところが、ある日《ひ》のことでした。

家《いえ》じゅうで、たのしくにぎやかにすごしていると、とつぜん、外《そと》で、さわがしい声《こえ》がして、男《おとこ》たちが、どやどやとふみこんできました。

三人《さんにん》は、びっくりして、とびあがりました。

第《だい》二《に》部《ぶ》

9

おろかな大臣《だいじん》たち

じつは、こういうわけだったのです。

その国《くに》の王《おう》さまに、ひとりのむすめがありました。

その王女《おうじょ》さまが、ふとしたことから、おもい病気《びょうき》にかかって、目《め》がみえなくなりました。ねどこによこたわったまま、どうすることもできず、なきかなしむばかりです。

国《くに》じゅうの、なだかいおいしゃを、よびよせて、しんさつをさせ、くすりをのませてもらいました。くすりをせんじたかすが、お城《しろ》のにわに、山《やま》のようにつみあげられても、王《おう》女《じょ》の病気《びょうき》は、すこしもよくなりません。

こんなときに、どこのだれだかしらないが、王《おう》さまにしらせたものがありました。どんな病気《びょうき》でもなおす金《きん》の鳥《とり》をもっている、トウヤーヤのうわさを――。

そこで王《おう》さまは、すぐさま大臣《だいじん》たちにめいれいして、馬《うま》をけたてて、わらじおばさんのところへかけつけさせたのでした。大臣《だいじん》たちは、馬《うま》からとびおりるや、あらあらしく、おばあさんの家《いえ》の中《なか》へふみこんできました。

「トウヤーヤというのは、どいつだ。ただちに金《きん》の鳥《とり》をもって、われらにしたがい、お城《しろ》にいって、王女《おうじょ》さまを、なおしてさしあげよ。」

馬《うま》づらの大臣《だいじん》は、歯《は》をならし、ブタがなくような声《こえ》でいいました。

わらじおばさんとトウヤーヤは、もとから、王《おう》さまがきらいでした。ですから、だいじな金《きん》の鳥《とり》を、どうして、わるいやつらにやることなどできましょう。ふたりは、じっとおしだまったきり、ひとことも口《くち》をききません。

大臣《だいじん》たちは、さも、にくにくしげにいいました。

「きさまらが、いやだというなら、家《いえ》じゅうみなごろしだ。」

そのとき、わたひめが、いそいで立《た》ちあがっていいました。

「わたしたちのきまりでは、なぞをとかなければなりません。なぞを二《ふた》つあてることができましたら、すぐ金《きん》の鳥《とり》をもっていって、王女《おうじょ》さまを、おなおしいたしましょう。」

「なんじゃと？　わしらは、王《おう》さまの大臣《だいじん》じゃわい、国家《こっか》や、人民《じんみん》を、おさめることもできるのだ。それが、なんだって、なぞのひとつや二《ふた》つ、とけないことがあろうか。さあ、いうてみい。もしもとけなかったら、金《きん》の鳥《とり》はいらぬわい。」

大臣《だいじん》たちは、じしんたっぷりにいいました。

そこで、わたひめは、おちついて、二《ふた》つのなぞをだしました。

ほそぼそとした骨《ほね》に　やわらかな腰《こし》
コイににてるし　ネコにもにてる
もしも　それを手《て》にいれたなら
とおい道《みち》　たかい山《やま》でもへいきのへいざ

口《くち》はとんがり　歯《は》もきれる
肉《にく》はきらいで　どろたべる
大山《おおやま》　岩山《いわやま》どんとこい
いつもやすまず　皮《かわ》をはぐ

大臣《だいじん》たちはこれをきくと、おたがいに、かおをみあわせました。
きょろ、きょろ、きょろ。さあ、おまえはどうだ。だめだ、さっぱりわからぬ。なら、きさまはどうかね。いいや、わからぬ。

大臣《だいじん》たちは、だれかがこたえるだろうと、あてにしていました。ところが、一同《いちどう》そろいもそろって、おしだまっています。

とつぜん、馬《うま》づら大臣《だいじん》が、目玉《めだま》をくるりとさせていいました。

「わしらは、こんななぞぐらい、とっくにわかってるんだ。だが、いま、なぞあてなんて、きょうみがないわい。いまはひとまずかえる。いずれ、きょうみがわいたら、またあてにこよう。」

大臣《だいじん》たちは、うなだれて、馬《うま》にのり、しおしおと立《た》ちさっていきました。

大臣《だいじん》たちは、まっ青《さお》になってかえっていくと、王《おう》さまに、二《ふた》つのなぞのいきさつをほうこくしました。そして、

「王《おう》さま、この二《ふた》つのなぞは、たいそうむずかしいのです。ですから、かしこい王《おう》さまこそ、あてることのできるお方《かた》だとおもいます。」

と、いいました。

王《おう》さまは、くびをひねってかんがえました。ひねってもひねっても、さっぱりわかりません。

王《おう》さまは、かっかとおこりだしました。ひげをぴんとたて、大声《おおごえ》で、

「この、のうなしどもめが、まい日《にち》まい日《にち》、はらいっぱい学問《がくもん》をつめこんでいるくせに、たった二《ふた》つのなぞもとけぬとは、ふとどきな。」

とののしり、ふりかえって、おつきのけらいにめいれいしました。

「このろくでなしらを、ひっくくって、きりころしてしまえ！」

大臣《だいじん》たちは、あわててひざまずくと、あたまをゆかにコツン、コツンとぶっつけておじぎをし、ゆるしをこいました。

その中《なか》の馬《うま》づら大臣《だいじん》が、あわれっぽく、いいますには、

「わたくしどものくびをはねても、なんのおやくにもたちますまい。それより、家《いえ》

へかえして、いく日《にち》か、かんがえさせてくださいませ。」

「うーむ、よかろう。三日間《みっかかん》のひまをとらせる。三日《みっか》でそのなぞがとけぬときには、そのくびをちょんぎってしまうぞ。」

馬《うま》づら大臣《だいじん》は、くびをすくめて、しょんぼりと家《いえ》へかえっていきました。

大臣《だいじん》は家《いえ》へかえると、このことを妻《つま》に話《はな》しました。妻《つま》にも、このなぞをとくことはできませんでした。

けれども妻《つま》は、あることをおもいつきました。

「そうだ、おまえさん。村《むら》の人《ひと》びとのところを、たずね歩《ある》いてごらんなさい。ひゃくしょうたちなら、そのなぞが、とけるかもしれませんよ。」

そこで、馬《うま》づら大臣《だいじん》はぼろぼろのきものをきて、つえにすがり、ものごいにへんそうして、村《むら》びとのところへたずねていきました。

10　おひゃくしょうがあてる

ものごいのかっこうをした馬《うま》づら大臣《だいじん》は、ある店《みせ》さきをたずねました。

そして、店《みせ》の中《なか》にこしをかけている、太《ふと》っちょのあきんどにむかって、

「なんでも、王《おう》さまが大臣《だいじん》をつかわして、金《きん》の鳥《とり》をとりにいったそうじゃ。すると、そのよめさんがなぞを二《ふた》つだした。ところが、大臣《だいじん》にはあてられなかった。だんなさん、あてることができるかね。」

といって、あのなぞのもんくをきかせたのです。

あきんどは、はじめは、ものごいなんか、

とりあうまい、とおもいました。けれども、また、じぶんのかしこさを、じまんしたくもなったので、ちょっとかんがえていいました。

「さいしょのなぞは、『そろばん』さな。二《に》ばんめのやつは、『はかり』のこった。」

馬《うま》づら大臣《だいじん》は、どうもこのこたえはつじつまがあわぬわい、とおもいましたので、くるりとむきをかえると、歩《ある》きだしました。

歩《ある》いて、歩《ある》いて、また歩《ある》いて、こんどは農村《のうそん》にやってきました。

とおりすがりに、ひとりのおひゃくしょうにあいました。おひゃくしょうは、わらじばきで、くわをかつぎ、畑《はたけ》からのもどり道《みち》でした。

「おひゃくしょうさん、ごきげんよろしゅう。」

大臣《だいじん》は、こしをかがめて、あいさつをしました。

おひゃくしょうは、ものごいだとおもったので、にっこりしながら、

「ああ、こんにちは。おらのとこへよって、あついおかゆでも、たべていったらど

うだね。」

と、いいました。

大臣《だいじん》は、おひゃくしょうのあとについて、その家《いえ》へいきました。そこであついおかゆをごちそうになると、さっそく、こうきりだしました。

「おまえさん、どうおもうかね。王《おう》さまは大臣《だいじん》たちをやって、わらじおばさんのところの、金《きん》の鳥《とり》を、とりにいかせたそうな。ところがそこのよめごがなぞをだして、どうしてもとけなかったそうだ。おまえさんには、とけますかな。」

「それはいったい、どんななぞですかい。」

と、おひゃくしょうは、ものめずらしそうに問《と》いかけました。

大臣《だいじん》がなぞのもんくを話《はな》してきかせますと、おひゃくしょうは、にこにこわらいながら、いいました。

「そのなぞは、むずかしくないやね。だが、王《おう》さまや大臣《だいじん》さんたちにゃだめだね。

なにしろ、そのしなものを、つかったことがないからな。みたことさえあるまいよ。あたりっこないなあ。」

「じゃ、おまえさんは、あてることができるのだね。」

大臣《だいじん》のものごいは、あわててききました。

「ああ、おれたちは、まい日《にち》、その二《ふた》つのしなものをつかっているから、もちろんあてられるとも。」

おひゃくしょうはこういうと、おちつきはらって、うたいだしたのです。

麻《あさ》を骨《ほね》とし　草《くさ》の腰《こし》
コイにもにてるし　ネコにもにてる
『わらじ』をはけば　すたすたと
とおい道《みち》　たかい山《やま》　へいきのへいざ

『くわ』のさきとがり　歯《は》もよくきれる
肉《にく》は　きらいで　どろ　たべる
くわをふるって　山々《やまやま》ひらき
ほりおこしては　山《やま》の皮《かわ》はぐ

大臣《だいじん》は、はっとして、さとりました。いそいで家《いえ》へかけもどると、きものをきがえて、お城《しろ》へかけつけ、王《おう》さまにもうしあげました。

「わたくし、三日三晩《みっかみばん》、かんがえにかんがえましたすえ、ついに、おもいつきましてござりまする。ひとつめのなぞのこたえは『わらじ』。もうひとつは『くわ』でございます。」

それからつづけて、大臣《だいじん》は、おひゃくしょうにおそわった歌《うた》をうたって、

「この二《ふた》つの歌《うた》も、わたくしめが、苦心《くしん》して作《つく》りましたものでございます。」

と、とくいそうにいいました。

王《おう》さまはこれをきくと、口《くち》をあけてわらいました。すぐさま大臣《だいじん》たちにめいれいして、わらじおばさんのうちへ馬《うま》をはしらせました。

馬《うま》づら大臣《だいじん》は、おばあさんにむかって、

「やい、われらは、さいのうのある人物《じんぶつ》であるから、もちろん、あのなぞをあてることができたぞ。」

といって、おひゃくしょうの作《つく》った歌《うた》を、うたってきかせました。

わたひめは、たいそうおどろきました。このおろかものの大臣《だいじん》たちにとっては、これまでつかったことも、みたこともないしなものだ、とおもっていたのに、ちゃんとあててしまったというのは、なんとふしぎなことでしょう。

けれども、なぞはあてられてしまったのです。もう、どうすることもできません。

トウヤーヤは、金《きん》の鳥《とり》かごをもって、大臣《だいじん》たちについていくほかはありませんでした。

トウヤーヤは、でかけるとき、かあさんとわたひめに、そっと、

「家《いえ》の門口《かどぐち》のヤナギの木《き》が、もし、かれてしまったら、そのときは、ぼくがあぶないときだ。」

と、いいのこしていきました。

おばあさんとわたひめは、戸口《とぐち》によりかかって、トウヤーヤのうしろすがたを、いつまでもみおくっていました。こぼれるなみだをぬぐいながら——。

11　ヤナギはかれた

　トウヤーヤがいってしまってからというもの、おばあさんとわたひめのふたりは、まい日《にち》、水《みず》をくんできて、門口《かどぐち》のヤナギの木《き》に、たっぷりかけてやりました。そしてふたりは、いのりました。
「どうかトウヤーヤが、はやくかえってきますように。ヤナギよ、ヤナギよ、どうぞ、かれないでおくれ。」
　ふたりは、まい日《にち》、朝《あさ》はやくおきます。みどりにけぶるヤナギの木《き》が、風《かぜ》にさやかにゆれているのをみると、ふたりはほっとして、おもわずほほえみをかわします。

ヤナギはみどり　風《かぜ》にゆれる
トウヤーヤ　はやくおかえり
かあさんは　おまえをまってるよ
わたしも　あなたを　まってます

ところが、ふこうなことがおこりました。

ある朝《あさ》はやく、ふたりが戸《と》をあけてみると、あ、ヤナギがかれている！

いそいで水《みず》をくんできて、さっと、かけてやりました。かけてもかけても、ヤナギはもとにもどりません。

黄《き》いろくかれたヤナギをみつめながら、おばあさんはなきました。わたひめもなきました。

やがてわたひめは、気《き》をとりなおすといいました。

「かあさん、わたしたちの手《て》で、あの人《ひと》をたすけだしましょう。」

おばあさんもそのことばをきくと、おおそうしようとばかり、いそいで、三人《さんにん》の小《ちい》さな口《くち》のきけない子《こ》どもたちをふくろにいれて、かたにかつぎました。

そして、わたひめの手《て》をひっぱって、王《おう》さまのすむ都《みやこ》へと、のぼっていきました。

おやこふたりは、手《て》をとりあって歩《ある》いていきました。どんどんいって、トウヤーヤをたすけだすのです。

ふたりはふかい森《もり》をぬけ、大《おお》きな川《かわ》をわたり、たかい山《やま》をこえて、歩《ある》きつづけていきました。

ある日《ひ》のことでした。ふたりは、とおりすがりに、ふと道《みち》ばたで、おしゃべりをしている人《ひと》の話《はなし》を耳《みみ》にしました。

「あるわかいしゅうが、金《きん》の鳥《とり》をお城《しろ》へもっていって、王女《おうじょ》さまの病気《びょうき》をなおしたそうな。」

「ふーん、それでどうした?」

「それで、王《おう》さまが、そのわかいのを、王女《おうじょ》さまのむこぎみになさるんだと……。」

これをきいたわたひめは、どきりとして、

「もし、あの、そのわかいひとは、むこいりの話《はなし》をしょうちしたのですか。」

と、せきこんでたずねました。

「いいや、そのときは、うんといわなかった。鳥《とり》かごをさげて、家《いえ》にかえっていったそうだ。」

「ところが、とちゅうまでいったとき、王《おう》さまのけらいがおっかけてきて、またお城《しろ》へつれもどされたそうですよ。」

「ちかごろ、お城《しろ》がばかに、にぎやかだ。王女《おうじょ》さまのこんれいは、おめでたいおまつりだから、にぎやかになったのもあたりまえですよねぇ。わたしどもも、そのおまつりをみにいくのですよ。」

道《みち》いく人《ひと》びとは、たえず、しゃべりつづけるのでした。

わたひめは、その話《はなし》をきくと、みるみるうちにまっ青《さお》になりました。足《あし》ががくがくしてきて、とても立《た》ってはいられないほどです。わたひめは、なみだをながし、くちびるをふるわせながら、いいました。

「かあさん、あなたおひとりでお城《しろ》にいってください。そして、おいわいのおさけをめしあがってくださいな。わたし……、わたし、花花山《ホワホワやま》へかえります。」

おばあさんは、あわてて、わたひめのそでをおさえました。

けれどもひめは、そのそでをふりはらい、ぱっとかけだしました。シカのようなはやさで――。またたくまにそのかげは、ふかい森《もり》の中《なか》にかけこんで、みえなくなってしまいました。

「ひめ、わたひめよ、もどっておくれ、もどっておくれよう！」

おばあさんは、のどがかれるまで、よびつづけました。

それでもむすめは、もどってはきませんでした。

おばあさんは、しかたなく、かなしげにうなだれて、ひとりとぼとぼと、都《みやこ》へむかって歩《ある》いていきました。


ところが、しばらくすると、ふいにわたひめが、また森《もり》の中《なか》からかけだしてきて、ツバメのようなはやさで、おばあさんに、おいついてきました。わたひめは、おばあさんの手《て》をつかむと、はあはあしながら、いいました。

「かあさん、わたしおもいかえしましたの。さっききいた話《はなし》は、いいかげんなうわさじゃあないかしらって。王《おう》さまが、どうしてびんぼう人《にん》を、おむこさんにするはずがありましょう。もし、するといったとしても、あの人《ひと》のほうが、いやというでしょう。王《おう》さまのなまけもののむすめなんか、いやだというでしょう。かあさん、わたし

たちのヤナギは、かれてしまったのです。はやく、トウヤーヤをたすけだしましょう。」

わたひめは、おばあさんのことばもまたずに、その手《て》をひっぱって、さっさと歩《ある》きだしました。

歩《ある》いて、歩《ある》いて、王《おう》さまのいる都《みやこ》まで歩《ある》きつづけていくのです。

12

金《きん》の鳥《とり》が王女《おうじょ》にないた

あの日《ひ》。トウヤーヤは、金《きん》の鳥《とり》かごをさげて家《いえ》をはなれると、大臣《だいじん》といっしょに、歩《ある》いてお城《しろ》につきました。

王《おう》さまは金《きん》いろにかがやくうつくしい鳥《とり》を、その目《め》でみるなり、大口《おおぐち》をあけて、「わっはっは」と、わらいました。

王《おう》さまは、みずからトウヤーヤをともなって、王女《おうじょ》のしんしつにいきました。

王女《おうじょ》は、ねどこによこたわり、目《め》をつむっていましたが、手足《てあし》をたえずうごかして、うんうんうなっていました。

王《おう》さまは、まくらもとに金《きん》の鳥《とり》かごをおか

せて、金《きん》の鳥《とり》にめいれいしました。

「こりゃ、金《きん》の鳥《とり》よ、なけ!」

鳥《とり》は、かごの中《なか》でくびをかしげ、ちらりと王《おう》さまをみました。そして、じっと、おしだまっています。

王《おう》さまは、はらをたてて、もういちどめいれいしました。

「王《おう》がめいれいしたのに、おまえは、なぜなかないのだ。なけったら、なけ! なかぬか。」

金《きん》の鳥《とり》はあたまをそむけ、くちばしでじぶんの金《きん》の羽毛《はねげ》をさかんにつくろっていて、さっぱりあいてになりません。

王《おう》さまは、青《あお》くなっておこりだし、トウヤーヤをふりかえって、

「そちが、鳥《とり》めをなかせてみろ!」

と、いいました。

トウヤーヤはあたまをたれて、しばらくかんがえてから、こういいました。

「ぼくには、この鳥《とり》をなかすことができる。だけど、王女《おうじょ》さまの病気《びょうき》をなおしたら、すぐに、家《いえ》にかえしてもらいたい。」

「ひめを、すっかりなおしてくれさえしたら、ただちにゆるして、かえらせてやる。」

王《おう》さまは、しょうちしました。

そこで、トウヤーヤは、

「金《きん》の鳥《とり》よ、しょうがないんだ。ぜひ、ひと声《こえ》ないておくれ。かあさんとわたひめが、ぼくらのかえりをまちかねているんだから。」

といって、うたいました。

金《きん》の鳥《とり》よ　リー　ルルル　とうたえ

うたいおわれば　かえろう　いえに

金《きん》の鳥《とり》は、王女《おうじょ》のほうをみむきもしません。じっと目《め》をとじたまま、むりやりにくびをのばして、

「リーリー　ルルル」

と、ひと声《こえ》なきました。

するとほどなく、王女《おうじょ》は、むっくりおきあがり、子《こ》ブタのように目《め》をきろっとあけて、ぽかんと、みんなをながめました。

トウヤーヤは、さっそく、鳥《とり》かごをさげて、家《いえ》にかえろうとしました。

王《おう》さまは、金《きん》の鳥《とり》がたいそうきれいで、しかも病人《びょうにん》をなおすという、ふしぎな力《ちから》をもっているのを、はっきりとみました。だからじつのところ、この鳥《とり》を手《て》ばなすことが、できなくなったのです。

王《おう》さまは、金《きん》の鳥《とり》を、なんとかしてじぶんのものにしたいものだ、とおもいました。けれど、たったいまトウヤーヤに、王女《おうじょ》をなおしてくれればかえってよい、とゆるしたばかりです。王《おう》さまたる身《み》、どうしてやすやすと前言《ぜんげん》をひるがえすことができましょう。

そこで、王《おう》さまはまゆをよせると、あるけいりゃくをおもいつきました。

王《おう》さまは、いそいで、トウヤーヤをひきとめて、いいました。

「まあまあ、そういそがずともゆっくりするがよいぞ。じつはそなたに話《はなし》があるのだ。わしが、おまえの家《いえ》に金《きん》の鳥《とり》をとりにいかせたとき、おまえたちは、なぞをあてることができたら鳥《とり》をもってくるといったな。いま、わしも、ひとつなぞをだそう。もしあたったら鳥《とり》をもってかえれ。あたらなかったら、金《きん》の鳥《とり》は、永久《えいきゅう》にここにおいておくのだぞ。そのなぞというのは、これじゃ。」

やせて長身《ちょうしん》　くろいかみの毛《け》
とおくのたよりは　みなたのむ
ひまなときには　ぼうしをかぶり
しごとのときには　あたまをさげて　さらさらさら

王《おう》さまは、むねの中《なか》で、ひそかにこうおもったのです。このなぞは、とても学問《がくもん》のないいなかものには、とけないぞ。金《きん》の鳥《とり》はたしかに、わしのものになったわいと。

トウヤーヤは、うなだれて、ちょっとかんがえました。それから、あたまをおこして、あたりをみまわしました。そして、つくえの上《うえ》のものをゆびさして、うたいました。

『ふで』は長身《ちょうしん》　くろいかみ

文章《ぶんしょう》　かくとき　ふでかく
つかわぬときは　さやをして
つかうときには　紙《かみ》に　さらさらさら

みごとにあたりました。王《おう》さまは、びっくりぎょうてん。目《め》をぎらぎらさせながら、トウヤーヤが、金《きん》の鳥《とり》かごをさげて、お城《しろ》をでていくすがたを、みおくるしかありませんでした。

その晩《ばん》、王《おう》さまは、ゆめにまでみました。金《きん》の鳥《とり》が目《め》のまえを、きらきらとかがやきながら、とびまわっているすがたを。

あの、金色《きんいろ》の「リー　ルルル」となく鳥《とり》よ。くびをのばしてひと声《こえ》なけば、すべての病気《びょうき》をなおしてしまう、金《きん》の鳥《とり》よ！

13

金《きん》の鳥《とり》
王《おう》さまの手《て》に

あくる朝《あさ》、王《おう》さまはおきるやいなや、大臣《だいじん》たちをよびあつめて、そうだんをしました。

「わしは、ねむっているあいだじゅう、ずっと金《きん》の鳥《とり》のことばかり、ゆめみていた。おまえたち、なにかうまいほうほうは、あるまいか。」

すると馬《うま》づら大臣《だいじん》がすすみでて、いいました。

「王《おう》さま、すぐに人《ひと》をつかわして、トウヤーヤをよびもどし、こうもうすのでございます。

『おまえは、ひめの病気《びょうき》をなおした。その

てがらによって、ひめのむこにむかえ……』。」

王《おう》さまはあわてて、手《て》をふり、話《はなし》をさえぎりました。

「いかーん！　わしのだいじなひめを、なんで、あんなけがらわしい、びんぼう人《にん》なぞにやれるもんか！」

「いえ、なに、これはけいりゃくでして……。やつめをよびもどしたら、お城《しろ》の中《なか》でやっつけてしまうのです。そうすれば、金《きん》の鳥《とり》は、つまり永久《えいきゅう》に、王《おう》さまのものというわけではございませんか。」

馬《うま》づら大臣《だいじん》は、王《おう》さまにちかよって、なにやら、ぼそぼそと耳《みみ》うちをしました。

王《おう》さまは、「ふうん、ふうん」とうなずくと、すぐさま馬《うま》づら大臣《だいじん》にめいれいしました。

「へいたいをひきいて、トウヤーヤをおいかけよ！」

トウヤーヤは、金《きん》の鳥《とり》かごをさげてお城《しろ》をでると、とっとと歩《ある》いていきました。むねの中《なか》は、よろこびでいっぱいでした。もうすぐ、かあさんとわたひめにあえるのですから――。

トウヤーヤは、ふるさとへの道《みち》を、おおまたにずんずん歩《ある》いていきました。

歩《ある》きだして二日目《ふつかめ》に、とつぜんうしろのほうで、ぱかぱかという、ひづめの音《おと》がきこえてきました。

ふりかえってみると、馬《うま》づら大臣《だいじん》がへいたいをひきいて、おっかけてきたのです。大臣《だいじん》は、馬《うま》からとびおりると、声《こえ》たかだかにもうしわたしました。

「トウヤーヤよ。おまえは、ひめぎみの病気《びょうき》をなおしてくれた。それで王《おう》さまは、おまえを、ひめぎみのむこにするとのおおせじゃ。これよりお城《しろ》へもどるように。」

「おひめさまのりょう手《て》は、しごとができない。ぼくはいやだ。」

トウヤーヤは、歩《ある》きながら、ふりむきもせずにこたえました。

すると大臣《だいじん》は、いきなりへいたいにめいじて、トウヤーヤをとらえてしまいました。

「これ、トウヤーヤよ。王《おう》さまが、もったいなくも、ひめぎみをおまえにくださるというのに、おうけできぬというなら、じぶんで王《おう》さまに、もうしひらきをするがよかろう。」

大臣《だいじん》とへいたいたちは、トウヤーヤのいうことなどきかないで、ぐいぐいと、つきとばしたりひっぱったりして、お城《しろ》につれていきました。

このさわぎを、道《みち》いく人《ひと》びとがみつけて、わかものがひめぎみとけっこんするのだと、おもいこんでしまったのでした。だから、わたひめにむかっても、あのように話《はな》したというわけなのです。

トウヤーヤは、お城《しろ》へつくと、王《おう》さまのまえにでました。

王《おう》さまは、にくにくしげにいいました。

「きさまは、なんで、ひめをきらうのじゃ。」

「ぼくは、りょう手《て》でしごとのできる人《ひと》がすきです。ブタみたいになんにもしないで、ごろごろしている人《ひと》なんか、だいきらいだ！」

トウヤーヤは、きっぱりとこたえました。

王《おう》さまは、もともと王女《おうじょ》さまを、こんないなかものにやろうとは、おもっていなかったのです。それがいま、じぶんのむすめをブタみたいとののしられたので、かっとおこってまっ青《さお》になり、ひげまで、つったってしまいました。

そこで、王《おう》さまはけらいにいいつけて、うらの花園《はなぞの》にある大《おお》きなカツラの木《き》を、ほりおこさせました。

木《き》のひきぬかれたあとに、ぽっかりと、ぶきみなあながあらわれました。王《おう》さまはトウヤーヤをしばりあげると、どんとそのあなの中《なか》へ、つきおとしてしまったのです。

それからまた、カツラの木《き》をその上《うえ》にのせて、もとどおり、うえなおしてしまいまし

た。

王《おう》さまは、カツラの木《き》のねもとをゆびさしていいました。

「いなかものめ。おまえはわしのむすめを、ブタだとぬかしたな。いま、わしはおまえを、どろブタにしてくれたわい。」

王《おう》さまは、金《きん》の鳥《とり》かごを、じぶんのしんしつにかけました。けれども金《きん》の鳥《とり》は、どうしてもなきません。

王《おう》さまが、どんなにごきげんをとっても、またつよくめいれいしても、金《きん》の鳥《とり》は、はじめからしまいまで、ずうっとうなだれたまま、口《くち》をひらこうとしないのです。

王《おう》さまは、むしゃくしゃして、足《あし》をばたばたふみならして、くやしがりました。

14 わたひめ お城《しろ》へのりこむ

わらじおばさんとわたひめは、王《おう》さまのすんでいる都《みやこ》へやってきました。

都《みやこ》は、なんとまあ大《おお》きな、にぎやかなところでしょう。たくさんの人《ひと》びとが、いきいきしていました。

ふたりは、あう人《ひと》ごとにたずねました。

「もし、うちのトウヤーヤに、あいませんでしたかね。」

「あの子《こ》は、金《きん》の鳥《とり》かごをさげているんですよ。」

「あ、もし、もうひとことおたずねします。トウヤーヤは、死《し》んだのですか、生《い》きているのですか。」

きかれた人《ひと》たちは、ちらりとふたりをみやると、みなくびをよこにふって、なんにもこたえず、ためいきをついては、いってしまうのです。

こうしてふたりは、九十九人《きゅうじゅうきゅうにん》の人《ひと》にたずねました。けれども九十九人《きゅうじゅうきゅうにん》とも、こたえてはくれず、みなくびをよこにふって、ためいきをつくと、いってしまうのでした。

あたりは、しだいにくらくなってきました。

ふたりは、とある竹《たけ》がきの家《いえ》のまえをとおりかかりました。家《いえ》の門口《かどぐち》に、白《しろ》いかみの老婆《ろうば》がたたずんでいます。ふたりは、なみだながらにたずねました。

「もし、うちのトウヤーヤを、みかけませんでしたか……。」

すると、老婆《ろうば》は目《め》をしばたたきながら、ふたりをみやり、

「どうぞ、おはいりになって、おやすみください。」

と、いいました。

ふたりは中《なか》にはいりました。老婆《ろうば》は、もどっていって、戸口《とぐち》のかぎをしっかりとざしてから、そっといいました。

「そう。いなかのわかいものが、金《きん》の鳥《とり》かごをさげてお城《しろ》へはいっていきました……。で、おまえさまがたは、その人《ひと》のなににあたるお方《かた》ですか？」

「わたしは、あの子《こ》のははおや。これが、そのよめです。」

と、わらじおばさんはいいました。

「おまえさんがた、いろんなお人《ひと》にたずねましたろ？　で、だれもへんじをしなかったでしょう。」

「はい、九十九人《きゅうじゅうきゅうにん》もの人《ひと》にたずねました。でも、みんなかぶりをふって、ためいきをついて……こたえてくれる人《ひと》はありませんでした。どういうわけでしょう。」

と、わたひめは、まゆをよせていいました。

「それはな、王《おう》さまのめいれいなのですよ。王《おう》さまは一年三百六十五日《いちねんさんびゃくろくじゅうごにち》、くる日《ひ》も、

くる日《ひ》も、わるいことばかり。まい日《にち》、つみもない人《ひと》をつかまえ、ころしている。そして『わしのすることについて、うわさをしたものは、ただちにくびをはねる』という、おふれをだしたのです。」

老婆《ろうば》は、しらがあたまをふりました。そして、ふーっと、ながいためいきをつきました。

「で、むすこは、どうなったのです？」と、おばあさんは、すぐにもむすこのゆくえをしりたくてききました。

「わたしはみましたとも。金《きん》の鳥《とり》かごをさげたわかいしゅうが、お城《しろ》へはいっていくのをね。だいぶしてから、そのお人《ひと》はでてきました。そのあとで、お城《しろ》から一団《いちだん》の人馬《じんば》がおいかけてきて、またつかまえてお城《しろ》へつれこんでしまいました。それっきり、その人《ひと》をみたものはありません。」

それをきくと、わたひめは、かおを赤《あか》らめてたずねました。

「うわさですと、王《おう》さまがあの人《ひと》を、王女《おうじょ》さまのむこさまになさるとかききましたが、ほんとうでしょうか?」

「そんなことがあるものですか、くらいのたかい王女《おうじょ》さまが、どろくさいいなかもののよめになるはずがない。どうもこれまでのようすからすると、これはきっと、王《おう》さまにころされたにちがいあるまい……。」

そういって、老婆《ろうば》は目《め》を赤《あか》くしました。

わが子《こ》がころされたときいて、わらじおばさんは、目《め》のまえがまっくらになって、そのばにたおれてしまいました。

老婆《ろうば》とわたひめは、いそいでおばあさんをたすけおこして、とこにやすませました。

おばあさんは、くる道《みち》みち、むりがたたって、かぜをひきました。そこへ、このふこうなしらせです。たちまちひどいねつがでて、めまいをおこしてしまったのです。

老婆《ろうば》は、いそいでしょうがゆを作《つく》って、おばあさんの口《くち》に、そそぎこんでやりまし

た。それから、わたひめにむかって、

「おまえさまがた、こんやは、ここにおとまりなさい。この家《いえ》には、ほかにだれもいません。わたしは、ひとりぐらしのとしよりですよ。」

と、いいました。

夜《よる》になりました。

わたひめはなみだをうかべながら、おばあさんのまくらべに、つきそっています。

「あの人《ひと》は、ほんとに王《おう》さまにころされてしまったのだろうか。もしもほんとだとしたら、どこにうめてあるのだろう。わたし、きっとお城《しろ》へいって、はっきり問《と》いただしてやりましょう。」と、心《こころ》の中《なか》でおもいながら――。

夜《よる》は、しだいにあけてきました。わたひめは、おばあさんのねつがさがったのを、みとどけました。老婆《ろうば》もまだぐっすりねむっています。そこで、こっそりと戸《と》をあけると、お城《しろ》へむかって、でかけていきました。

やがて、お城《しろ》の門《もん》につきました。わたひめは、ばんぺいにむかって、

「王《おう》さまに、おめにかかりたいのです。中《なか》にいれてください。」

と、たのみました。

ばんぺいは、王《おう》さまにあいたいという、このうつくしいむすめをみつめました。それでなくても王《おう》さまは、きれいなむすめがだいすきで、ときどきけらいに、むりやりうばってこさせるほどなのです。それがいま、こうしてじぶんからやってきたのですから、これほどうまい話《はなし》はありません。

そこでばんぺいは、さっそくわたひめを、王《おう》さまのへやにつれていきました。

王《おう》さまが、ねどこからおきあがってみると、うつくしいむすめが目《め》のまえに立《た》っているではありませんか。とたんに、もうほくほくして、

「よしよし。こりゃむすめ、おまえはみずから、わしをたずねてきたのだな。」

と、いいました。

わたひめは、かおを板《いた》のようにこわばらせて、

「わたしのトウヤーヤは？　どこにいるんです？」

と、つめよりました。

「おまえのいうのは、あの、金《きん》の鳥《とり》かごをもってきたもののことかね。あいつはおまえのなんだ？」

「わたしの夫《おっと》です。あの人《ひと》をむかえにきたのです。」

王《おう》さまは、大口《おおぐち》をあけて、「あっはっはっは……」とわらいながら、いいました。

「やつなら、かえることはできぬわい。わしが土《つち》の中《なか》へうめて、どろブタにしてしまったわ。みよ。これは、やつの金《きん》の鳥《とり》かごではないか。そなたはここにとどまり、わしのきさきになるがよかろう。」

わたひめは、かおをあげてみました。金《きん》の鳥《とり》かごが、まどべにかけてあるのを――。

中《なか》には金《きん》の鳥《とり》が、しょんぼりとうなだれて、とまっています。

ひめは、じっと鳥《とり》かごをみつめているうちに、そのむねが、とつぜんオオカミにかみつかれたように、うずいてきました。

王《おう》さまは、またもや、にやにやしながら、

「むすめよ、王《おう》のきさきになったほうが、ひゃくしょうのにょうぼうより、よっぽどしあわせだぞ。」

といって、手《て》をのばし、わたひめをひきよせようとしました。

ひめは、ものすごいけんまくで、

「この、ひきょうもの、トウヤーヤをかえして!」

と大声《おおごえ》でののしると、いきなりとびかかって、王《おう》さまの手《て》にかみつきました。

「ギャア」

王《おう》さまは、けもののような声《こえ》をあげ、

「こ、このむすめを、ひっくくって、ろうやにぶちこんでしまえ!」

と、けらいにめいれいしました。

わたひめは、くらい、じめじめしたろうやの中《なか》にすわっていました。トウヤーヤをおもい、おばあさんをおもって、なみだがとめどなくこぼれて、きものをぬらしました。

ろうやの外《そと》がわは、王《おう》さまの花園《はなぞの》になっていました。

ちょうどこのとき、ろうやのまどの外《そと》に、一《いち》わのカラスがやってきて、

「カァカァカァ」

と、なきました。

わたひめは、まどの外《そと》をみあげて、ないてうったえました。

　カラスよ　カラス

王《おう》さまは　たのしいわが家《や》をこわした
王《おう》さまは　いとしいトウヤーヤをころした

カラスよ　カラス
わたしのかわりに　かあさんをみまっておくれ
それから　わたしにおしえておくれ
トウヤーヤは　どこにいるの

カラスは、ろうやのまどの外《そと》で、

「カァカァカァ……」

と、なんどかなくと、すぐとびさっていきました。

わたひめは、ないてないて、気《き》もとおくなり、こんこんと、ねむりにおちていきました。

どのくらいたったでしょうか。とつぜん、ろうやのてつのとびらが、ガチャンと、大《おお》きな音《おと》をたてました。わたひめは、おどろいて目《め》をさましました。

みると、とびらがあいて、ぐるぐるまきにしばられたとしよりが、へいたいたちにつきとばされながら、ろうやの中《なか》へはいってきたのです。

ガチャン！

とびらは、また大《おお》きな音《おと》をたてて、もとのとおりしまってしまいました。

15　わらじおばさんも お城《しろ》へ

それは、こういうわけなのです。そのあさはやく、しらがの老婆《ろうば》がねどこからおきあがってみると、わたひめのすがたがみえません。わらじおばさんひとりが、ねどこにねむっているだけでした。

「あのむすめは、病人《びょうにん》のかん病《びょう》もしないで、どこへいったのだろう。しょうのない子《こ》だよ。」

しらがの老婆《ろうば》は、ねどこの上《うえ》でぶつぶついっていました。

このとき、とつぜん一《いち》わのカラスがとびこんできたのです。

カラスは、口《くち》に一《ひと》つぶの丸薬《がんやく》をくわえてきました。それを、わらじおばさんの口《くち》の中《なか》にころりとおとしました。

するとおばあさんは、目《め》をあけて、ひょいとおきあがりました。もう病気《びょうき》はなおってしまったのです。

カラスは、家《いえ》の中《なか》を、わをかいてとびまわりながらうたいました。

カァカァカァ　お城《しろ》のろうやはくらい
カァカァカァ　わたひめが　あぶないよ

そして、ばたばたと、のきからとびだしていきました。

それをきくと、あわてて老婆《ろうば》はいいました。

「ああ、あの人《ひと》はわたしたちにないしょで、お城《しろ》へいっちまったんだ。むすめがたったひとりでいったって、どうやってトラのあなにはいって、ぶじにかえってこられるというのだい。ええ？」

けれども、わらじおばさんは、ものもいわずふくろをかつぐと、戸《と》をあけて外《そと》へかけだしていきました。

老婆《ろうば》はひきとめようとしましたが、とてもまにあいません。しかたなしに戸《と》をしめながらあたまをふりふり、

「なんだってあの人《ひと》たちは、しゃにむにトラのあなにとびこんで、トラにたべられたがるのだろうねぇ、あーあ。」

と、こぼすのでした。

わらじおばさんは、お城《しろ》の門《もん》にかけつけると、ばんぺいにききました。

「いましがた、むすめがひとり、ここへきませんでしたかね。」

「ああ、あのむすめは、とてもべっぴんだったな。王《おう》さまが、おきさきになさるそうだ。」

ばんぺいは、とりあわないつもりです。

「ぜひぜひ、王《おう》さまに、おめどおりをたのみます。」

おばあさんはたのみこみました。ばんぺいはおばあさんをちらっとみて、ふんと、はなをならしました。

「このおいぼれも、おきさきさまになりてえってのかい。そのつらをみな。ふん、とっとと、うせやがれ！」

これをきいて、おばあさんはかっとしました。いきなりふくろからポンポンをひっぱりだすと、口《くち》の中《なか》でとなえます。

ポンポンよ　たのもしい子《こ》

おまえのうでまえ　みせとくれ

ばんぺいたちは、このばあさん、なんのおまじないかとおもって、ぼんやりうっかりしているところへ、

ポカリッ！

といっぱつ、のうてんをうたれ、「アッ！」といって、ぶったおれました。のこったひとりも、おばあさんをつかまえようとおもっているうちに、またもや、

ポカリッ！

「アッ！」といって、それも地《じ》めんにのびてしまいました。

おばあさんは、ポンポンをきれいにふいて、またふくろの中《なか》にしまいました。そして、お城《しろ》の中《なか》へ、つかつかとはいっていきました。

おくにすすむと、ふたりのめしつかいが、腰《こし》をかがめてゆかをはいています。

「あなたがた、王《おう》さまはどこにおられる?」

と、おばあさんが、なにくわぬかおでたずねますと、めしつかいたちは大臣《だいじん》がつかわしたお客《きゃく》だとおもいこんで、

「あ、王《おう》さまはあのおへやのまどのところで、金《きん》の鳥《とり》をあそばせていますよ。」

と、大きなへやをゆびさして、おしえてくれました。

おばあさんは、おしえられたほうへ歩《ある》いていきました。王《おう》さまは、金《きん》の鳥《とり》に、なんとかして歌《うた》をうたわせようと、あの手《て》この手《て》で、一心《いっしん》にたのみこんでいるところでした。

ところが、金《きん》の鳥《とり》はくびをまげ、しきりにじぶんの羽毛《はねげ》をととのえていて、さっぱり王《おう》さまを、あいてにしません。

おばあさんは、その鳥《とり》をひとめみるなり、とっしんしていって、

「わたしのむすこ、トウヤーヤは、どうしました?　よめは、どこです?」

と、ぷりぷりしていいました。

王《おう》さまはとつぜんのことに、びっくりぎょうてん、あわてふためいて、ふりかえってみると、ただのいなかのばあさんなので、ははぁん、なるほどと、すぐさまことのなりゆきがのみこめました。

「おまえのせがれはな、わしが土《つち》の中《なか》に生《い》きうめにして、どろブタにしてしまったわい。そいつのよめは、わしがもらって、きさきにするんじゃ。おまえは、せがれといっしょにうめられたいのか？」

と、いいました。

さあ、おばあさんはおこったのなんの、かっかとして、足《あし》をばたばたふみならし、やにわにポンポンをひっぱりだして、王《おう》さまのあたまにポカリッ！　と、やろうとしたとたん、ふいにりょう手《て》を、だれかにおさえられてしまいました。

それというのは、外《そと》でばんぺいがのびているのを、けらいたちがみつけて、さては

あやしいやつめと、あとをおいかけてきたのでした。

王《おう》さまは、またもやけもののような声《こえ》で、

「こいつもひっくくって、ろうやへなげこめ！」

こうして、わらじおばさんはたちまち、ろうやにいれられてしまったのでした。

16 花園《はなぞの》をぬけだす

くらく、しずまりかえったろうやの中《なか》で、わらじおばさんと、わたひめは、ばったりかおをあわせました。

ひめは、わらじおばさんのりょうの手《て》が、しっかりしばられているのをみました。おばあさんも、ひめのしばられた手《て》をみやりました。

「かあさん！」

「むすめや！」

ふたりの目《め》から、なみだがいずみのようにあふれ、ながれだしました。

夜《よる》になると、ろうやの中《なか》は、まっくらでが

らんとしています。おたがいにあいてのかおもみえず、ふたりはかたをよせあい、じっとすわっているだけでした。
ろうやの中《なか》に、かすかな、かなしみの声《こえ》がながれます。

かあさん　かあさん
王《おう》さまは　金《きん》の鳥《とり》を　うばい
トウヤーヤを　ころした
わたしは　王《おう》さまがにくい

むすめよ　むすめ
わたしたちは　かなしみにおしつぶされそう
なんとか　てだてをかんがえて

このろうやから　にげだそう

このとき、お月《つき》さまがかおをだしました。月《つき》の光《ひかり》は、たかいろうやのまどから、あかるくさしこんできました。

するととつぜん、まどの外《そと》で、ウサギの「キュキュキュキュ」となく声《こえ》がして、白《しろ》いひげのおじいさんが、まどべにあらわれたのです。

おじいさんは、声《こえ》をころしていいました。

花園《はなぞの》にある　カツラの木《き》
トウヤーヤはカツラの下《した》にいる
金《きん》の鳥《とり》を　うばいかえして
生《い》きかえらせよ　トウヤーヤを

おばあさんは、かおをあげてみました。ああ、それは月《つき》の中《なか》にすむ、あのおじいさんだったのです。

「キュキュキュ」とウサギがなくと、さっと音《おと》がして、おじいさんはいっしゅんのうちにみえなくなってしまいました。

ふたりは、はっきりききました。トウヤーヤが花園《はなぞの》のカツラの木《き》の下《した》にうめられているということを。金《きん》の鳥《とり》を手《て》にいれさえすれば、トウヤーヤを生《い》きかえらせることができるのです。

ふたりは、かおをみあわせて、うれしそうににっこりしました。けれども、ふたりの手《て》は、かたくなわでしばられているのです。どうしたらぬけだすことが、できるでしょう。

するとおばあさんが、

「わたひめよ、おまえは歯《は》がいいから、その歯《は》でわたしのなわを、かみきっておくれ。」

と、いいました。ひめはしばられたまま、身《み》をかがめると、おばあさんの手《て》のなわをかみきってしまいました。

おばあさんは、じゆうになった手《て》で、わたひめのなわをほどいてやりました。

わたひめはいいました。

「金《きん》の鳥《とり》かごは、王《おう》さまのへやにかかっているんです。でも、どうやってもちだしたらいいでしょう。」

「王《おう》さまのへやのまどは、花園《はなぞの》にむいているにきまっているよ。このろうやの外《そと》もちょうど花園《はなぞの》だ。このまどからぬけだしていこう。花園《はなぞの》のほうから、王《おう》さまのへやのまどを、さがしだすことができるはずだよ。」

おばあさんは、ふくろから、はさみのチェンチェンをとりだして、

チェンチェンよ　きりょうよし
まどのてつごうしを　きりとっておくれ

と、となえながら、てつごうしをきりはじめました。

ギーコ、ギーコ、ギーコ
と、なんどか音《おと》がすると、五、六本のてつごうしが、ばらばらときれてしまいました。

おばあさんはわたひめの手《て》をひっぱって、まどから外《そと》へとびおり、花園《はなぞの》の中《なか》へ歩《ある》いていきました。

月《つき》は空《そら》から、こうこうとてらしています。

ふたりは、あちらこちらながめわたしました。すると、あるまどのあかりが、ひときわあかるくかがやいているのがみえました。そのまどのうちがわに、金《きん》の鳥《とり》かごがかかっているではありませんか。
ふたりは、こっそりこっそり、そのまどの下《した》にちかよっていきました。
へやの中《なか》からは、グォーグォーという、いびきがきこえてきます。
おばあさんは、またチェンチェンをとりだすと、そっととなえました。

チェンチェンよ　きりょうよし
このまどきって　金《きん》の鳥《とり》を
とりもどしておくれ

チェンチェンはこっそりとじょうずに、そのまどをきりました。こうして、金《きん》の鳥《とり》かごは、なんなくもちだすことができたのです。
ところが、はたと、こまってしまいました。花園《はなぞの》にはずらりと、たくさんのカツラの木《き》がうえられています。どの木《き》の下《した》に、トウヤーヤがうめられているのやら——。

おばあさんとわたひめは金《きん》の鳥《とり》かごをさげて、花園《はなぞの》の中《なか》を、さがしまわって歩《ある》きました。

ふたりは、なみだをこぼしながら、そっと口《くち》ずさむのです。

園《その》の　カツラは　かぎりなく
カツラの木々《きぎ》は　みな花《はな》ひらく
トウヤーヤ　トウヤーヤ
おまえは　どこにうめられているの
トウヤーヤよ
かあさんが　たずねてきたのだよ

トウヤーヤよ
わたしも　たずねてきたのです

するととつぜん、一《いち》わのカラスがとんできて、みきのかたがわがうろになっている大《おお》きなカツラの木《き》の上《うえ》を、ぐるぐるとびまわりながら、口《くち》をぱっとあけてうたいました。

カァカァカァ
この木の下《した》に　うめられている
カァカァカァ
コンコンで　ほりだせ　ほりだせ

それをきくとおばあさんは、いそいで、ふくろからわらじゆみをとりだし、いっぽうをカツラの木《き》のねもとに、もういっぽうをうろに、がばとつきさしました。そして口《くち》の中《なか》でとなえました。

コンコンよ　いさましい子《こ》
木《き》をほりかえし　きょうだいをたすけておくれ

コンコンがぐいぐいやると、グワラ！　と音《おと》がして、カツラの木《き》は、ねこそぎひっこぬけて、地上《ちじょう》にたおれました。

ねっこの下《した》に大《おお》きなあながあらわれました。その中《なか》にトウヤーヤが目《め》をとじてよこたわっていました。りょう手《て》を、なわでしばられたまま……。

それをみるとふたりは、いそいであなにとびこみ、かかえおこしながら、

「トウヤーヤよ、つらかったろうねぇ。生《い》きかえっておくれよ。」

と、なみだながらにいいました。

ふたりは、トウヤーヤを、やっと、あなからたすけだしました。いそいでなわをとくと、おばあさんがトウヤーヤをふところにだきました。

わたひめは鳥《とり》かごをもって、そのそばによりそい、歌《うた》をうたいます。

金《きん》の鳥《とり》　リー　ルルル　とおなき
リーリー　ルルル　ないて
トウヤーヤを　生《い》きかえらせておくれ

金《きん》の鳥《とり》はすぐさまくびをながくのばして、

「リーリー　ルルル、リーリー　ルルル」

と、なきだしました。

するとまもなく、トウヤーヤはぱっちりと目《め》をあけました。

月《つき》の光《ひかり》があかるくてらしています。トウヤーヤには、はじめて、わかりました。ぼくをだいているのはかあさんだな。そばにいるのが、わたひめだなって。

「かあさん、ぼくたちは、またあうことができたんだね。」

トウヤーヤはそういって、おもわずなみだをおとしました。

わらじおばさんは、むすこのなみだをぬぐってやりながら、いいました。

「さあ、はやくにげよう。王《おう》さまが気《き》がついたら、きっと追《お》っ手《て》をよこしてつかまえにくるだろうから——。」

けれどもトウヤーヤは、生《い》きかえったというだけです。ながいあいだうめられていたのでまだふらふらしていて、歩《ある》くことさえ、おぼつかないありさまです。

そこでおばあさんは、せなかにふくろをかつぎ、トウヤーヤの左《ひだり》わきをささえました。

わたひめは鳥《とり》かごをもって、トウヤーヤの右《みぎ》わきをたすけました。こうして三人《さんにん》は、ひそかに花園《はなぞの》の門《もん》をあけ、月《つき》の光《ひかり》の下《した》をたすけあいながら、のがれていきました。

17　一家《いっか》はかごの中《なか》に

あくるあさ、王《おう》さまはねどこからおきあがって、まどのてつごうしがきられているのをはっけんしました。

金《きん》の鳥《とり》かごもみえません。王《おう》さまはぎょっとして、とびあがりました。

そのときとつぜん、けらいがあわてふためいてかけこんできて、

「王《おう》さま、ろうやのてつごうしがきられて、女《おんな》ふたりがにげうせました。」

と、ほうこくしました。

つづいて、花園《はなぞの》の見《み》はりをしている老人《ろうじん》も、はぁはぁいいながらかけつけてきて、

「王《おう》さま、カツラの木《き》がたおされ、うめた男《おとこ》がさらわれました。花園《はなぞの》の門《もん》もやぶられています。」

といったので、王《おう》さまはかっとおこってまっ青《さお》になり、足《あし》ががくがくふるえました。

「うーむ、なんたるだいたんなやつめが！　わしの花園《はなぞの》へしのびこみ、金《きん》の鳥《とり》をぬすみだし、うつくしいむすめをつれていくとは――。ようし、どうしてくれるか、みておれ！」

王《おう》さまは、みずから人馬《じんば》の大軍《たいぐん》をひきいて、おいかけていきました。

わらじおばさんとわたひめは、トウヤーヤをたすけながら、ふるさとへの道《みち》をにげのびていきました。その歩《あゆ》みはのろく、よたよたとしているのはいうまでもありません。ある谷川《たにがわ》へたどりついたとき、三人《さんにん》は川《かわ》のほとりに腰《こし》をおろして、水《みず》をのみました。

するとふいに、一《いち》わのカラスがとんできて、あたまの上《うえ》でわをえがきながら、

カァカァカァ　王《おう》さまたちがおってくる
カァカァカァ　はやく森《もり》の中《なか》へにげこめ

と、大《おお》きな声《こえ》でなきました。

おばあさんとわたひめは、いそいでトウヤーヤをたすけると、谷川《たにがわ》をわたり、あぜ道《みち》をはしり、ふかい森《もり》の中《なか》へふみこんでいきました。

みんなはもうつかれはてていましたので、大《おお》きなマツの木《き》の下《した》でやすむことにしました。

じつは、その大《おお》きなマツの木《き》のえだに、一《いち》わのタカが、巣《す》をつくっていたのです。巣《す》の中《なか》では、ひなたちが、かあさんダカのかえりをまっていました。かあさんダカは、

えさをさがしにでていって、るすでした。

そこへ、一《いっ》ぴきのイタチが、ひなをたべようと、マツの木《き》にはいあがってきました。

イタチは、木《き》の下《した》に人《ひと》がきたのをみて、あわててタカの巣《す》にとびかかりました。あんまりはげしいいきおいでぶつかったので、ひなもとりの巣《す》もいっしょに、わたひめの目《め》のまえに、ばたっ！　と音《おと》をたてておちました。

ひなたちはみんなきずつき、いまにも死《し》にそうになっているのもいました。

わたひめがふとあたまをあげてみると、イタチが、こそこそとにげていくではありませんか。ひめは、ひなをなでながら、いとおしくてたまりません。

「わたしたちのいまのうんめいは、おまえたちとおなじなのだわ、たすけてあげようね。」

わたひめは、そういうと、金《きん》の鳥《とり》にむかってうたいました。

金《きん》の鳥《とり》よ　おなき
あわれなひなたちを　たすけておくれ

すると、金《きん》の鳥《とり》はくびをのばして、

「リーリー　ルルル」

と、なきだしました。

ひなたちは、みるみるげんきになって、たすかりました。

「そうだ、いいことをするなら、さいごまでしてやろう。ぼくもだいぶよくなったから、人《ひと》ばしごをつくって、ひなをもとの、あのたかいところへもどしてあげよう。」

と、トウヤーヤがいいました。

わらじおばさんが、マツの木《き》のねもとに立《た》ちました。そのかたの上《うえ》にわたひめがのり、またそのかたにトウヤーヤが、とりの巣《す》をかかげてのりました。それから、マツの木《き》のたかいところまでよじのぼって、とりの巣《す》を、えだのくぼみの、あんぜんなばしょにおきました。そして、マツのみきの小《こ》えだをとりさり、イタチがえだをつたってのぼってくるのをふせいでやりました。

トウヤーヤが、やっとマツの木《き》のねもとまでおりついたかつかぬうちに、とつぜん、森《もり》の外《そと》に、さわがしい人《ひと》の声《こえ》がきこえてきました。

それというのも、じつは王《おう》さまは、人馬《じんば》をひきいておいかけましたが、三人《さんにん》のすがたがどこにもみあたらないので、人《ひと》をつかわして、あちこちたずねたあげく、やっと、森《もり》の中《なか》にかくれたことをつきとめたからでした。

そこで王《おう》さまの軍隊《ぐんたい》はこの森《もり》を包囲《ほうい》し、いっぽう追《お》っ手《て》をやって、森《もり》のおくふかくそうさくさせたのです。

トウヤーヤたち三人《さんにん》は手《て》をしっかりとりあって、森《もり》のおくへおくへと、にげこんでいきました。

けれども追《お》っ手《て》はすぐうしろに、いよいよまぢかにせまってきます。

「それ、つかまえろ！　つかまえろ！」と、さけびながら……。

いままさに、ききいっぱつというとき、上空《じょうくう》から一《いち》わの大《おお》タカが、さっとまいおりてきました。

タカはつなのついた大《おお》きなかごを、口《くち》にくわえていました。かごはゆらゆらゆれながら、三人《さんにん》の目《め》のまえにおりてきました。

ああ、このタカは、わたしたちをたすけにきてくれたのだと、わたひめははっきりわかりました。そこでふたりの手《て》をひいて、かごにのりこみました。

タカは、三人《さんにん》をのせたかごをくわえると、大《おお》きくはばたき、まっすぐに大空《おおぞら》さしてとびたっていきました。

トウヤーヤが下《した》をみると、いましも王《おう》さまが馬《うま》にのって森《もり》のまわりで、へいたいをしきしているではありませんか。

「タカよ、王《おう》さまはわるいやつだ、王《おう》さまのあたまを、ポカリとやらせておくれ！」

トウヤーヤがたのみますと、タカはさっと、王《おう》さまのそばまで、まいおりていきました。

トウヤーヤは、すばやくふくろからポンポンをとりだし、王《おう》さまののうてんめがけて、もうれつな力《ちから》で、
ボイーン！

と、うちおろしました。

あたまをこわされ、王《おう》さまは、馬《うま》からころがりおちました。

タカはまた、さっとまいあがり、空《そら》のかなたへ、いずこへともなく、とびさっていってしまいました。

さあ、このタカは、トウヤーヤ一家《いっか》をかごにのせて、どこへとんでいったのでしょう。

だれかがこういいました。

「あの人たちは月《つき》の世界《せかい》へとんでいったのだよ。あの白《しろ》ひげ老人《ろうじん》といっしょにくらしているのさ。ほら、ごらん、お月《つき》さまの中《なか》のくろいかげ。あれは、トウヤーヤたちのすがたなのだよ。」と。

また、だれかはこういいます。

「あの人たちは、花花山《ホワホワやま》へとんでいったのだ。金《きん》の鳥《とり》のすんでいた、金《きん》いろにかがやく家《いえ》で、みんないっしょに、すんでいるのだ。」と。

また、こういう人《ひと》もありました。

「あの人《ひと》たちは、おばあさんのふるさとへかえっていったのさ。そこでもとのように、もとの家《いえ》にすんでいるのだ。」と。

みんなはまだ、おぼえているでしょう。
わらじおばさんのうたった歌《うた》を……。

あまいいずみ　たのしいわが家《や》
家《いえ》のまわりに　花《はな》ひらき
ひとつつんでは　しらがにさしましょ
老《お》いもわかきも　にこにこがおで

わたひめは　なんてきような子《こ》
あたまのかみから　わたをすきだす
そのわたで　ぬのをおり
ぬのに　花《はな》のししゅうをしましょ

トウヤーヤ　金《きん》の鳥《とり》かごさげて
この村《むら》から　あの村《むら》へ
金《きん》の鳥《とり》　リー　ルルル　なけば
まずしい人《ひと》たち　すくわれる

わらじおばさんと三人《さんにん》の子《こ》どもは
せっせと　わらじをあんでいる
できたわらじを　くばってあるく
まずしい人《ひと》に　はかせるために

訳者《やくしゃ》のことば

このおはなしは、原題《げんだい》を『草鞋媽媽《ツァオシエマーマ》』（わらじおばさん）といい、一九五六年に、武漢《ぶかん》の長江《ちょうこう》文芸出版社《ぶんげいしゅっぱんしゃ》よりだされたものです。

中国《ちゅうごく》のチワン族《ぞく》に伝《つた》わる民話《みんわ》をもとに、すぐれた民話研究者《みんわけんきゅうしゃ》の蕭甘牛《しょうかんぎゅう》によって、童話《どうわ》としてかかれました。

すでに、岩波《いわなみ》おはなしの本シリーズに、『白いりゅう　黒いりゅう』という中国の民話集《みんわしゅう》がでておりますが、そこでものべましたように、中国には、漢民族《かんみんぞく》を中心として、ほかにチベット族《ぞく》、モンゴル族《ぞく》、ミャオ族《ぞく》、ヤオ族《ぞく》、タイ族《ぞく》、それから、この話《はなし》に出《で》てくるチワン族《ぞく》など、五十五もの少数民族《しょうすうみんぞく》が住《す》んでいます。

それら少数民族《しょうすうみんぞく》のおおくは、これまで文字というものがありませんでした。ですから、昔《むかし》から今日《こんにち》まで、ずっと、口伝《くちづた》えによって、おもしろい民話《みんわ》を、数おおく伝《つた》えてきました。

中国が一九四九年に、新しく中華人民共和国《ちゅうかじんみんきょうわこく》として生まれかわってから、これらの少数民族《しょうすうみんぞく》は兄弟民族《きょうだいみんぞく》とよばれ、新しい国家建設《こっかけんせつ》のにない手として迎《むか》えられました。そして、代々伝《だいだいつた》えてきた民話《みんわ》も、大切《たいせつ》な民族《みんぞく》の文化遺産《ぶんかいさん》として、ぞくぞくと採集《さいしゅう》されました。

この『月からきたトウヤーヤ』のおはなしを伝《つた》えたチワン族《ぞく》は、以上《いじょう》でのべた少数民族《しょうすうみんぞく》のうち、最《もっと》も人口《じんこう》がおおく、二〇一〇年に実施《じっし》された全国人口調査《ぜんこくじんこうちょうさ》によれば一、六九二万六千人以《い》上《じょう》といわれます。中国大陸西南部《ちゅうごくたいりくせいなんぶ》に位置《いち》する広西《こうせい》チワン族自治区《ぞくじちく》を中心として、ベトナムとの国境《こっきょう》の雲南省《うんなんしょう》、広東省《カントンしょう》、貴州省《きしゅうしょう》などに居住《きょじゅう》しており、わが国と同じく、稲作《いなさく》をいとなんでいます。ですから、わらじをつくるしごとが大切《たいせつ》にされ、わらじをつくる道具《どうぐ》たちも擬人化《ぎじんか》されて表現《ひょうげん》されています。同《おな》じく稲作民族《いなさくみんぞく》でもタイ族《ぞく》のほうは谷間《たにあい》の低地《ていち》に水稲耕作《すいとうこうさく》をいとなんでいますが、チワン族《ぞく》は山岳地帯《さんがくちたい》のしかも岩石《がんせき》のおおいところをこつこつときりひらき、田をつくってきた人びとです。「わらじおばさんのつくったわらじなら、どんなところへでもすたすたいける。」というのは、こうした土地柄《とちがら》から生みだされた実感《じっかん》でしょう。

また、歴史的《れきしてき》にもたいそう古い民族《みんぞく》で、漢族《かんぞく》が南下《なんか》するよりずっと昔《むかし》から住《す》んでいる原住民《げんじゅうみん》であり、大昔《おおむかし》は長江以南《ちょうこういなん》、今日《こんにち》の広東《カントン》、広西一帯《こうせいいったい》は百越《ひゃくえつ》と総称《そうしょう》されていました。そのなかの一つ、古代駱越《こだいらくえつ》の子孫《しそん》ともいわれています。それだけに、支配者《しはいしゃ》にたいしては、つよい反感《はんかん》をもちつづけ、昔《むかし》からなんども反乱《はんらん》をおこしました。唐代《とうだい》にも、宋代《そうだい》にも、歴史《れきし》にのこるような乱《らん》があり、また、太平天国《たいへいてんごく》の乱《らん》にもおおくチワン族《ぞく》が参加《さんか》しています。この物語《ものがたり》の第《だい》二部《ぶ》で、かなり強《つよ》い調子《ちょうし》で支配者《しはいしゃ》である王さまの圧政《あっせい》と、それへたいする抵抗《ていこう》が描《えが》かれているのも、以《い》上《じょう》のような背景《はいけい》があるからです。

事実《じじつ》、明清時代《みんしんじだい》には領主制度《りょうしゅせいど》が確立《かくりつ》しており、チワン族《ぞく》の人びとは、その圧政《あっせい》のもとで苦《くる》しんできました。ですから、民話《みんわ》のなかには、実《じつ》におおくの支配者《しはいしゃ》である王様への反抗《はんこう》が物語《ものがた》られています。

フランスのベトナム侵略《しんりゃく》にたいしては、国境《こっきょう》を接《せっ》したチワン族《ぞく》の勇士《ゆうし》たちが、戦《たたか》いましたし、中国《ちゅうごく》の革命《かくめい》に際《さい》しては、いちはやく参加《さんか》して戦《たたか》い、広西《こうせい》に解放地《かいほうち》区《く》をつくり、のち広西《こうせい》チワン族自治区《ぞくじちく》を建設《けんせつ》しました。

このような歴史《れきし》をもつチワン族《ぞく》にも、自《みずか》らの意志《いし》を表《あら》わし、記録《きろく》するための文字《もじ》は、やはりなかったのです。ですから、すぐれた民話《みんわ》の数々は、昔《むかし》からずっと、口伝《くちづた》えに伝承《でんしょう》されてきたものばかりです。

新中国になって、はじめて、文字のなかった少数民族《しょうすうみんぞく》にも文字が生まれました。

チワン文字は、漢族《かんぞく》、チワン族《ぞく》の言語《げんご》研究者《けんきゅうしゃ》が協同《きょうどう》で一九五四年から五五年にかけて、チワン族《ぞく》のつかっている国語をもとにひろく調査研究《ちょうさけんきゅう》して、ラテン字母《じぼ》による音標文字《おんぴょうもじ》をつくりあげました。それがわずか数年でチワンの人びととの間に普及《ふきゅう》してしまったといわれます。

おかげで、チワン族《ぞく》の伝《つた》えてきた民話《みんわ》や歌謡《かよう》が集《あつ》められ、特《とく》に一九五八年以後《いご》の新民歌《しんみんか》などが、チワン語によって出版《しゅっぱん》されるようになりました。


ところでこの『月からきたトウヤーヤ』の物語《ものがたり》は、一九五六年八月に、初版《しょはん》が出されましたが、作者はこのチワン族《ぞく》の童話《どうわ》を書《か》くにあたって、すくなくとも二、三年の準備《じゅんび》をしたようです。といいますのは、その前年の五五年三月に、チワン族民話集《ぞくみんわしゅう》『銅鼓《どうこ》じいさん（銅鼓老爹《トンクーラオディエ》）』（十二編《へん》を収《おさ》む）を出《だ》し、つづいて翌年《よくねん》四月に、その続編《ぞくへん》『紅《あか》い河《かわ》（紅水河《ホンシュイホー》）』（十二編《へん》）を、まとめあげているからです。そのうえで、この『月からきたトウヤーヤ』の童話化《どうわか》を試《こころ》みています。

これらの民話集《みんわしゅう》のなかの「一幅僮錦《イーフーチワンジン》」という美《うつく》しい一編《ぺん》は、伊藤貴麿《いとうたかまろ》先生の名訳《めいやく》で、岩波《いわなみ》少年文庫《ぶんこ》に収《おさ》められておりますし、筆者《ひっしゃ》も『チワンのにしき』という絵本で紹介《しょうかい》しています。

作者蕭甘牛《さくしゃしょうかんぎゅう》のまとめた以上《いじょう》二つの民話集《みんわしゅう》は、いずれも上海《シャンハイ》の少年児童出版社《じどうしゅっぱんしゃ》より出版《しゅっぱん》されていますが、その特色《とくしょく》は、児童《じどう》にふさわしい物語《ものがたり》をえらびだし、民話《みんわ》の素朴《そぼく》な味《あじ》わいを保《たも》ちながらも、子ども向《む》きにおもしろく、しかも流麗《りゅうれい》な筆致《ひっち》でかかれていることです。そのために、いささか再話《さいわ》のあとがみられないでもありません。作者は、このほかにも、ミャオ族民話集《ぞくみんわしゅう》

『星になった竜《りゅう》のきば（竜牙顆顆釘満天《ロンヤーコウコウティンマンティン》）』、ヤオ族《ぞく》の『金の笛《ふえ》（金蘆笙《チンルーション》）』（この中にはすでに邦訳《ほうやく》されている「つきをいる」も含《ふく》まれています）、トン族民話集《ぞくみんわしゅう》『長い髪《かみ》の娘《むすめ》（長髪妹《チャンファメイ》）』などおおくの児童《じどう》向け民話集《みんわしゅう》を出しています。

作者の功績《こうせき》はおおくの民話集《みんわしゅう》をまとめたというだけでなく、その発表《はっぴょう》の時期《じき》がきわめて早く、先覚者的役割《せんかくしゃてきやくわり》をはたしたという点にありましょう。

中国の児童文学《じどうぶんがく》が、あきらかに児童《じどう》を対象《たいしょう》として書かれたのは、じつに戦後《せんご》のことであり、その第一歩として、児童文学界《じどうぶんがくかい》が提唱《ていしょう》したことは、民衆《みんしゅう》の伝《つた》えてきた文学遺産《ぶんがくいさん》である民話《みんわ》を採《さい》集《しゅう》し、その民話《みんわ》の土壌《どじょう》から、新しい児童文学《じどうぶんがく》を創造《そうぞう》しようということでした。この『月からきたトウヤーヤ』は、その最初《さいしょ》の試《こころ》みとしても成果《せいか》をあげた作品だと思います。

この物語《ものがたり》の背景《はいけい》となっている広西地方《こうせいちほう》は中国でももっとも風光明媚《ふうこうめいび》な土地柄《とちがら》で、美《うつく》しい南国《なんごく》の月夜は、人びとにはてしない夢《ゆめ》をもたらし、月にたいするロマンティックな幻想《げんそう》をいだかせます。

月の老人《ろうじん》が、わらじを注文《ちゅうもん》におりてきて子どもをめぐむという着想《ちゃくそう》は、やはり月によせる人びとの夢《ゆめ》とねがいがこめられています。さきにあげたチワン族《ぞく》の民話《みんわ》の中にも、銅鼓《どうこ》をならして物語《ものがたり》をきかせる老人《ろうじん》を、かささぎのむれが月の中にはこんで、そのけがをなおし、今なお月の中で語《かた》りつづけているという話や、太陽《たいよう》はこわい父親《ちちおや》だが、月はやさしい母親《ははおや》なので、星《ほし》の子どもはいつも月について夜空をめぐっているなど、月にたいする特別《とくべつ》の親《した》しみとあこがれを物語《ものがた》るものが多いのです。

また月の中に住《す》むものにはいろいろあって、この物語《ものがたり》では、月の中に、老人《ろうじん》やうさぎが住《す》んでいますが、ヤオ族《ぞく》では、月にむかって射《い》かけた錦《にしき》の中のニーオ、そのながい髪《かみ》の毛《け》につたわって月へのぼった夫《おっと》のヤーラが幸《しあわ》せにくらしていますし、また漢族《かんぞく》では、嫦娥《じょうが》という女神《めがみ》が不《ふ》死《し》の薬《くすり》をのんで月に昇《のぼ》る話、あるいは、月の中でうさぎが薬《くすり》をついている話や、ひきがえるがいる話など、さまざまです。このうさぎが仙薬《せんやく》をつく話が、わが国に伝《つた》わって、餅《もち》をつく話になったといわれています。

また、このおはなしの中には、しばしば、歌がうたわれ、なぞがうたわれて、かけあいになりますが、これはチワン族《ぞく》の大きな特色《とくしょく》です。

チワン族《ぞく》のすむ地方《ちほう》は、「歌の海」とよばれるほど、だれもかれもが、このんで歌をうたいます。「腹《はら》がへっても辛《つら》くはないが、歌をうたわにゃ心がいたむ。」という民謡《みんよう》さえあるのです。

歌の内容《ないよう》は、わたひめや、トウヤーヤの場合のように、即興《そっきょう》が多く、その場で思いつくままに、じぶんの気持や、願望《がんぼう》をうたいます。この歌のかけあいが、大がかりになると、数十人、あるいは数百人もあつまって行なわれます。それがチワン族《ぞく》の伝統的《でんとうてき》な「歌墟《コーシュイ》」という歌掛《うたか》けの祭《まつ》りです。わが国《くに》の歌垣《うたがき》に似《に》ていますが、今では働《はたら》く人びとが、休日《きゅうじつ》をうたい楽しもうというので、「休日歌墟会《シウリーコーシュイホエ》」ももよおされているということです。

おわりに、わかりにくいチワン族《ぞく》の風俗《ふうぞく》を、詳《くわ》しく研究《けんきゅう》されて、美《うつく》しいさし絵をかいてくださった太田大八《おおただいはち》先生に、心からお礼《れい》もうしあげます。

一九六九年五月

付記――「訳者あとがき」は、一九六九年刊の上製本より、一部変更し、再録しました。（編集部）

少年文庫《しょうねんぶんこ》版《ばん》によせて

枯葉《かれは》散《ち》る晩秋《ばんしゅう》の北京空港《ペキンくうこう》を飛《と》び立《た》ち、広西《こうせい》チワン族自治区《ぞくじちく》の南寧空港《なんねいくうこう》にはじめて降《お》り立《た》ったとき、まっさきに目にしみたのは、青い空に照《て》り映《は》える芭蕉《ばしょう》のみどりでした。日の光がさんさんと降《ふ》りそそぐ中に、一目《ひとめ》でそれとわかるチワン族《ぞく》の方々が笑顔《えがお》で迎《むか》えてくれました。そこから蕭甘牛氏《しょうかんぎゅうし》のお住《す》まいのある柳州市《りゅうしゅうし》までは、夜行列車《やこうれっしゃ》です。わたしは心おきなく軟臥《なんが》(一等寝台車《いっとうしんだいしゃ》)に身《み》をゆだねたのでした。

車窓《しゃそう》の風景《ふうけい》は日本とは異《こと》なり、茫漠《ぼうばく》たる原野《げんや》をひた走りに走るのみです。やがて漆黒《しっこく》の闇《やみ》となり、闇《やみ》は未来永劫《みらいえいごう》つづくかと思われました。と、そのとき、はるか彼方《かなた》に光が見え、しだいに明るさを増《ま》して、山々の稜線《りょうせん》がくっきりと浮《う》かび上がってきました。ああ、あの山のむこうに街《まち》があり、街《まち》の灯《あか》りが空に映《うつ》っているのだと思うまもなく、光はいよいよ輝《かがや》きを増《ま》して、姿《すがた》を現《あらわ》したのは、見たこともない大きな大きな月。それは、やさしく包《つつ》みこむように輝《かがや》く月でした。わたしは納得《なっとく》しました。トウヤーヤたちは、きっとあの中で暮《くら》しているのだと――。

蕭甘牛氏(右)と筆者，1981 年

夜が明けて柳州駅《りゅうしゅうえき》に着《つ》き、案内《あんない》された招待所《しょうたいじょ》でお待《ま》ちしていると、ゆかしい風貌《ふうぼう》の蕭《しょう》先生がしずかに入って来られました。かけよって握手《あくしゅ》をしたときには万感胸《ばんかんむね》にみちて、しばし言葉《ことば》も出ませんでした。先生はすでにわたしが訳《やく》した本はすべてご存《ぞん》じのようで、それからはせきを切ったように話がはずみました。

やがて年が明け、如月《きさらぎ》も半ば、わたしはこのときの感動《かんどう》を、エッセイを連載《れんさい》していた新聞《しんぶん》に書きました。それからまもなく、蕭《しょう》先生の訃報《ふほう》が入りました。思えばあのとき、先生は病《やまい》をおして会いに来られたのではと、悔恨《かいこん》の情《じょう》が胸《むね》をよぎり、涙《なみだ》があふれました。

あれから三十余年《よねん》。本書の初版《しょはん》から実《じつ》に四十数年《すうねん》がすぎました。広西《こうせい》チワン族自治区《ぞくじちく》へは、文革終結直後《ぶんかくしゅうけつちょくご》の七七年以来《いらい》、何度《なんど》も訪《おとず》れる機会《きかい》があり、今は亡《な》き当地《とうち》の代表的《だいひょうてき》な学者文人《がくしゃぶんじん》たちに直接貴重《ちょくせつきちょう》な談話《だんわ》をうかがうことができたのは幸《さいわ》いでした。

柳州《りゅうしゅう》では八月十五日に行われる盛大《せいだい》な歌墟《コーシュイ》（全体的には三月三日）には間《ま》に合いませんでしたが、休日に行われる歌掛《うたが》けの集会には、会場《かいじょう》に出向《でむ》いて男女のかけあいに耳を傾《かたむ》け、即興《そっきょう》でうたわれる恋歌《こいうた》のかけあいの巧《たく》みさに感動《かんどう》したものです。じつはわたしも仲間《なかま》に入れてほしいと思ったのですが、悲《かな》しいかな、わたしにはパートナーがいませんでした。

＊

本書の翻訳《ほんやく》を思い立ち準備《じゅんび》をはじめた頃《ころ》は、まだ中国との間に国交《こっこう》もなく、現地《げんち》調査《ちょうさ》はできませんでした。そんなとき、当時《とうじ》中国で大評判《だいひょうばん》の『劉三姐《リュウサンチェ》』というミュージカルが、日本でも千田《せんだ》是也《これや》演出《えんしゅつ》、ペギー葉《は》山《やま》主演《しゅえん》で上演《じょうえん》されたのです。

鮮《あざ》やかなブルーの水中から、光り輝《かがや》く大きな鯉《こい》に乗《の》った劉三姐《リュウサンチェ》が浮《う》かび上がり、ゆっくりと空にむかって昇《のぼ》ってゆくラストシーンも、じつに印象的《いんしょうてき》でした。幕《まく》が降《お》りたとき、わたしはこれだ、と思いました。全体のストーリーから、リズミカルな歌のかけあい、このトーン。まさしく『月からきたトウヤーヤ』に共通《きょうつう》している、これでいこうと思いたったのです。（じつはこのミュージカルの原作者も、本書と同じ蕭甘牛《しょうかんぎゅう》氏だということをあとで知ったのですが。）

こうして翻訳《ほんやく》は無《ぶ》事《じ》完了《かんりょう》。出版《しゅっぱん》されてまずうれしかったのは、当時《とうじ》盛《さか》んになりはじめていた家庭文庫《かていぶんこ》の熱心《ねっしん》なお母さんたちからの手紙や、保育所や小学校の先生方の声。なかには学芸会《がくげいかい》で子どもたちが演《えん》じた写真《しゃしん》を送ってくれた方もいました。「劇団《げきだん》 風《かぜ》の子」の主催者《しゅさいしゃ》、多田《ただ》徹《とおる》氏がわたしの研究室《けんきゅうしつ》に訪《たず》ねてこられたこと、本書等をもとに氏が台本《だいほん》を書かれた児童劇《じどうげき》に招待《しょうたい》されて、小学生たちと共《とも》に楽しく観劇《かんげき》したことも、いまだ昨日《きのう》のことのようです。

最近《さいきん》も「なにわ語《かた》り部《べ》の会」で二千人以上《いじょう》の語《かた》り部《べ》を育《そだ》てた創設者《そうせつしゃ》の禅定《ぜんじょう》さんから次のようなお便《たよ》りをいただきました。

「『月からきたトウヤーヤ』には昔話《むかしばなし》の大きなテーマ、往還《おうかん》が書かれていて、幻想的《げんそうてき》で、しかも、リズムのいい唄《うた》があって心地《ここち》良《よ》く、ミュージカルの主人公《しゅじんこう》のような気分で、語ったあとの達成感《たっせいかん》も十分に味わわせてもらいました。」

こうして今なお、多くの読者の方々に愛《あい》されつづけてきた本書が、このたび少年文庫《しょうねんぶんこ》の一冊《さつ》として新しくお目見《めみ》えすることになりました。この機会《きかい》に訳文《やくぶん》を見直し、若干《じゃっかん》手を加えました。トウヤーヤのおはなしに、今までよりいっそう親《した》しんでいただき、また新しい読者《どくしゃ》にも広がることを心より願《ねが》っています。

二〇一七年三月

君《きみ》島《しま》久子《ひさこ》

訳者　君島久子
1925年栃木県生まれ。国立民族学博物館名誉教授，中国中央民族大学および雲南大学名誉教授。中国諸民族の民間伝承を研究。絵本に『王さまと九人のきょうだい』『銀のうでわ』『巨人グミヤーと太陽と月』『天女の里がえり』『犬になった王子』『チワンのにしき』，民話集に『白いりゅう黒いりゅう』『チベットのものいう鳥』『けものたちのないしょ話』『アジアの民話』，そのほか『西遊記』『中国の神話』『「王さまと九人の兄弟」の世界』『東アジアの創世神話』など著訳書多数。産経児童出版文化賞，日本翻訳文化賞，巖谷小波文芸賞などを受賞。

月からきたトウヤーヤ　　岩波少年文庫 239

2017年4月14日　第1刷発行

訳　者　君島久子《きみしまひさこ》

発行者　岡本　厚

発行所　株式会社 岩波書店
〒101-8002 東京都千代田区一ツ橋 2-5-5
電話案内 03-5210-4000
http://www.iwanami.co.jp/

印刷製本・法令印刷　カバー・半七印刷

ISBN 978-4-00-114239-6　　Printed in Japan
NDC 923　190 p.　18 cm

岩波少年文庫創刊五十年――新版の発足に際して

心躍る辺境の冒険、海賊たちの不気味な唄、垣間みる大人の世界への不安、魔法使いの老婆が棲む深い森、無垢の少年たちの友情と別離……幼少期の読書の記憶の断片は、個個人のその後の人生のさまざまな局面で、あるときは勇気と励ましを与え、またあるときは孤独への慰めともなり、意識の深層に蔵され、原風景として消えることがない。

岩波少年文庫は、今を去る五十年前、敗戦の廃墟からたちあがろうとする子どもたちに海外の児童文学の名作を原作の香り豊かな平明正確な翻訳として提供する目的で創刊された。幸いにして、新しい文化を渇望する若い人びとをはじめ両親や教育者たちの広範な支持を得ることができ、三代にわたって読み継がれ、刊行点数も三百点を超えた。

時は移り、日本の子どもたちをとりまく環境は激変した。自然は荒廃し、物質的な豊かさを追い求めた経済の成長は子どもの精神世界を分断し、学校も家庭も変貌を余儀なくされた。いまや教育の無力さえ声高に叫ばれる風潮であり、多様な新しいメディアの出現も、かえって子どもたちを読書の楽しみから遠ざける要素となっている。

しかし、そのような時代であるからこそ、歳月を経てなおその価値を減ぜず、国境を越えて人びとの生きる糧となってきた書物に若い世代がふれることは、彼らが広い視野を獲得し、新しい時代を拓いてゆくために必須の条件であろう。ここに装いを新たに発足する岩波少年文庫は、創刊以来の方針を堅持しつつ、新しい海外の作品にも目を配るとともに、既存の翻訳を見直し、さらに、美しい現代の日本語で書かれた文学作品や科学物語、ヒューマン・ドキュメントにいたる、読みやすいすぐれた著作も幅広く収録してゆきたいと考えている。

幼いころからの読書体験の蓄積が長じて豊かな精神世界の形成をうながすとはいえ、読書は意識して習得すべき生活技術の一つでもある。岩波少年文庫は、その第一歩を発見するために、子どもとかつて子どもだったすべての人びとにひらかれた書物の宝庫となることをめざしている。

（二〇〇〇年六月）